Prix d
des le

Les éditions POINTS organisent chaque année
le Prix du Meilleur Polar des lecteurs de Points.

Pour connaître les lauréats passés
et les candidats à venir, rendez-vous sur

www.meilleurpolar.com

Arnaldur Indridason est né à Reykjavik en 1961, où il vit actuellement. Diplômé en histoire, il a été journaliste et critique de cinéma. Il est l'auteur de romans policiers, dont plusieurs best-sellers internationaux, parmi lesquels *La Cité des Jarres*, paru en Islande en 2000 et traduit dans plus de vingt langues (prix Clé de verre du roman noir scandinave, prix Mystère de la critique 2006 et prix Cœur noir), *La Femme en vert* (prix Clé de verre du roman noir scandinave, prix CWA Gold Dagger 2005 et Grand Prix des lectrices de « Elle » 2007), *La Voix*, *L'Homme du lac* (Prix du polar européen 2008) *Hiver arctique*, *Hypothermie La Muraille de lave* et *La Rivière noire*.

Arnaldur Indridason

BETTÝ

ROMAN

*Traduit de l'islandais
par Patrick Guelpa*

Éditions Métailié

TEXTE INTÉGRAL

TITRE ORIGINAL
Bettý
Published by agreement with Forlagid, www.forlagid.is
© Arnaldur Indridason, 2003

ISBN 978-2-7578-3044-4
(ISBN 978-2-86424-845-3, 1re publication)

© Éditions Métailié, 2011, pour la traduction française

Ceci devrait être un meurtre tellement déso-
lant que ça n'en serait même pas un, mais
seulement un banal accident de voiture qui
arrive quand des hommes sont soûls et qu'il
y a de l'eau-de-vie dans la voiture et tout
ce qui va avec.

James M. Cain,
Le facteur sonne toujours deux fois

1

Je ne me suis pas encore bien rendu compte de ce qui s'est passé, mais je sais enfin quel a été mon rôle dans cette histoire.

J'ai essayé de comprendre un peu mieux tout ça et ce n'est pas facile. Je ne sais pas, par exemple, quand cela a commencé. Je sais quand a débuté ma participation, je me rappelle le moment où je l'ai vue pour la première fois et peut-être que mon rôle dans cette étrange machination avait été décidé depuis longtemps. Longtemps avant qu'elle ne vienne me voir.

Aurais-je pu prévoir cela ? Aurais-je pu me rendre compte de ce qui se passait et me protéger ? Me retirer de tout cela et disparaître ? Je vois, maintenant qu'on sait la façon dont tout ça s'est combiné, que j'aurais dû savoir où on allait. J'aurais dû voir les signaux de danger. J'aurais dû comprendre bien plus tôt ce qui se passait. J'aurais dû... J'aurais dû... J'aurais dû...

C'est curieux comme il est facile de commettre une erreur lorsqu'on n'est au courant de rien. Ce n'est même pas une erreur, tant qu'on ne se rend compte de rien et que c'est beaucoup plus tard que l'on comprend ce qui s'est passé ; tant qu'on ne regarde pas en arrière et qu'on ne voit pas comment ni pourquoi tout cela s'est produit. J'ai commis une erreur. Tomber dans le panneau, une fois encore, voilà ce qui m'est arrivé. Dans certains cas, c'était volontairement. Dans mon for intérieur, je le savais et je savais aussi qu'il y avait danger, mais je ne savais pas tout.

Je pense parfois que sans doute je retomberais encore dans le panneau, si seulement j'en avais l'occasion.

Ils sont très corrects envers moi, ici. Je n'ai ni journaux, ni radio, ni télévision, comme ça je n'ai pas les informations. Je ne reçois pas non plus de visites. Mon avocat vient me voir de temps en temps, le plus souvent pour me dire qu'il n'y a aucun espoir en vue. Je ne le connais pas bien. Il a une grande expérience, mais il reconnaît lui-même que ce procès risque de le dépasser. Il a parlé avec les femmes dont j'ai trouvé l'adresse, pensant qu'elles pourraient m'aider, mais il dit que c'est plus que douteux. Dans tout ce dont elles peuvent témoigner, très peu de choses concernent l'affaire elle-même.

J'ai demandé un stylo et quelques feuilles de papier. Le pire, dans cet endroit, c'est le calme. Il règne un silence qui m'enveloppe comme une couverture épaisse. Tout est réglé comme du papier à musique. Ils m'apportent à manger à heure fixe. Je prends une douche tous les jours. Ensuite, il y a les interrogatoires. Ils éteignent la lumière pendant la nuit. C'est là que je me sens le plus mal. Dans l'obscurité avec toutes ces pensées. Je m'en veux terriblement d'avoir permis qu'on m'utilise. J'aurais dû le prévoir.

J'aurais dû le prévoir.

Et pendant la nuit, dans l'obscurité, voilà que le désir fou, le désir fou de la revoir m'envahit. Si seulement je pouvais la revoir une fois encore. Si seulement nous pouvions être ensemble, ne serait-ce qu'une fois encore.

Malgré tout.

Je ne me rappelle plus le sujet de la conférence au cinéma de l'université. Je ne me rappelle pas non plus le titre de mon intervention, d'ailleurs cela n'a pas d'importance. C'était quelque chose comme la situation des négociations des armateurs islandais à Bruxelles, quelque chose au sujet de l'UE et nos pêcheries. J'ai utilisé PowerPoint et Excel. Je sais aussi que j'aurais pu m'endormir.

Elle était là. Elle était arrivée en retard et je l'avais tout de suite remarquée parce qu'elle était... merveilleuse. Merveilleuse dès l'instant où je l'ai vue pour la première fois entrer dans la salle, au crépuscule. Derrière elle, la lumière du couloir lui faisait un halo, comme à une star de cinéma. Elle n'avait aucune crainte de se montrer féminine, contrairement à nombre d'autres femmes ; il y en avait une dans la salle qui était en anorak, assise avec les jambes sur le dossier de la chaise la plus proche. La femme qui se tenait dans l'embrasure de la porte, elle, avait une robe moulante avec de minces bretelles qui laissaient voir de gracieuses omoplates, son abondante chevelure brune lui retombait sur les épaules et ses yeux étaient enfoncés, bruns avec une pointe de blanc qui étincelait. Et lorsqu'elle souriait...

J'ai remarqué ces détails lorsqu'elle vint vers moi sur le podium tout de suite après mon intervention. J'essayais de feindre l'indifférence, plus exactement j'essayais de ne pas la fixer. Ses seins étaient petits et on devinait les mamelons qui pointaient sous la robe. Elle était svelte, avait de gros mollets et des chevilles fines, presque fragiles. Tels des pieds de coupes de champagne. Elle avait une chaînette d'or enroulée autour d'une de ses chevilles. Maman aurait trouvé un mot pour définir sa démarche. « Majestueuse », aurait-elle dit.

J'ai décliné mon identité et nous nous sommes serré la main.

– Oui, je connais ton nom, dit-elle. Moi, je m'appelle Betty, ajouta-t-elle. J'ai entendu dire du bien de toi[1].

Je refermai mon porte-documents et je la regardai. Comment avait-elle entendu parler de moi ? C'était seulement un an après mon départ à l'étranger et l'ouverture de mon cabinet d'avocat. Mes clients étaient rares, seulement deux d'entre eux entretenaient un rapport avec mon domaine de prédilection, l'équipement pour la pêche en haute mer, je crois. Tout le reste était véritablement ennuyeux : des contentieux concernant des immeubles, des polémiques entre assurances suite à des collisions, des différends dans des affaires d'héritages. Rien ne m'avait particulièrement réussi. Jusqu'à ce que je la rencontre. Elle avait déclaré qu'elle avait entendu dire du bien de moi. Peut-être mentait-elle. Elle était bien préparée quand elle avait fait son apparition dans la salle comme une star. Sa robe laissait voir le haut de ses petits seins. Le décolleté était joli. L'or autour de la cheville faisait penser au pied d'une coupe de champagne. Peut-être tout cela n'était-il qu'une mise en scène à moi destinée. Une mise en scène spéciale.

La danse spéciale de Betty.

Quant à lui, il était arrivé plus tard.

– Tu as entendu dire du bien de moi, dis-je. Je ne comprends pas…

– Dans ta spécialité, me coupa-t-elle.

– Comment sais-tu quelle formation j'ai eue ?

1. En Islande, tout le monde se tutoie. (*Toutes les notes sont du traducteur.*)

demandai-je. J'essayai de sourire, feignant de trouver cela spirituel, et non saugrenu ou tout simplement drôle.

– Mon mari recherche un conseiller juridique, dit-elle. Nous recherchons… Elle hésita avant de terminer sa phrase : … le bon partenaire.

Elle avait donc un mari. Un armateur connu dans le nord du pays. Soudain, je me rappelai que je les avais vus ensemble à la une d'un journal à sensation.

– C'était comment, d'étudier aux États-Unis ? demanda-t-elle.

Il n'y avait pas eu grand-monde pour écouter mon intervention et les gens étaient en train de quitter la salle tandis que nous parlions. L'un d'eux s'arrêta devant le podium et leva les yeux vers nous comme s'il attendait que Betty finisse mais, comme cela traînait en longueur, il s'en alla lui aussi.

– D'où tiens-tu tous ces renseignements ? demandai-je. J'avais cessé de sourire.

– J'ai lu ton rapport final. Je l'ai trouvé très intéressant. Et il y a quelque chose qui est sorti dans la presse, si je me souviens bien.

Elle avait bonne mémoire. Tout ce qu'elle faisait était bien. Je me rendis compte qu'elle me connaissait sans doute depuis que mon sujet de thèse avait fait débat. À sa parution, il avait attiré l'attention parce qu'il mettait en évidence l'influence des quotas sur l'évolution de l'habitat ici, en Islande, et expliquait pourquoi les armateurs devaient payer un impôt particulier. J'avais oublié que l'Islande était un petit pays. Les médias diffusaient tous les jours des infos sur les résultats de mes recherches et les parties intéressées chez les armateurs en venaient aux insultes. Pendant un moment, ce fut le principal sujet de polémique. Jusqu'à ce quelqu'un eût l'idée d'augmenter le prix des concombres.

– Tu l'as lu ? dis-je.

– Oui, dit Bettý.

– C'est pas franchement intéressant comme littérature.

– Qui y prendrait plaisir ?

Nous avons éclaté de rire. Je n'avais d'yeux que pour les mamelons de ses seins et elle le vit.

2

Le pire, c'est le silence.

La solitude et le silence et tout ce temps qui n'en finit pas lorsqu'il ne se passe rien. Je n'ai aucune idée du temps qui s'est écoulé depuis que je suis en détention provisoire. J'ai demandé à mon avocat qui est venu il y a deux jours, ou plutôt je pense que c'était il y a deux jours, et alors il m'a dit que nous en étions à la deuxième semaine. Comme si nous étions ensemble en détention provisoire. J'aurais préféré me défendre moi-même sans lui, mais je ne sais quasiment rien des affaires criminelles.

Sauf celle-là.

Le temps, pendant tout ce profond silence, je le passe à écouter les bruits. Écouter si quelqu'un passe dans le couloir. Écouter les bruits de pas des gardiens. Leurs pas sont différents. Le gros a une démarche plus lourde que les autres et on l'entend parfois souffler bruyamment quand il arrive devant la porte. Il ne dit jamais rien. Il ouvre, me tend le plateau-repas et referme. Je ne sais même pas comment il s'appelle.

Je sais qu'il y en a un qui s'appelle Finnur. Il est presque causant quand il m'accompagne aux interrogatoires. Il y a aussi Gudlaug. Je n'avais jamais pensé qu'il existait des femmes gardiens. Qui penserait aux gardiens de prison ? Elle m'a parlé de ses deux enfants. Elle m'a dit aussi qu'interdiction était faite aux gardiens de prison de parler avec moi ou avec quiconque est en détention provisoire. Gudlaug ne s'y est pas beaucoup tenue. Lorsqu'elle arrive devant la porte, on entend claquer ses sabots : clic-clac, clic-clac. Je compte les clic-clac. Depuis le moment où on les entend jusqu'à ce qu'ils disparaissent, il y a soixante-huit pas.

Gudlaug m'a parlé d'un homme qui était en détention provisoire chez eux sans aucune raison. Ils l'ont gardé sept semaines. Lorsqu'il a été libéré, il savait écarter les mains pour mesurer une distance d'un mètre exactement. Au millimètre près. Il pouvait se taire pendant exactement soixante secondes. À la fraction de seconde près.

J'ai toujours cru que la détention provisoire se faisait à Reykjavík, mais c'est en fait à Litla-Hraun[1]. Quoi de plus désolant ?

Je pense aux miens. À l'opinion que maman a de moi. À tous les soucis que je lui ai donnés. Et pas seulement à cause de cette affaire. Mais pour tout. Et à la réaction de mon frère. Nos relations ne sont pas bonnes. Est-il revenu de Grande-Bretagne ? Mon avocat m'a dit qu'il avait l'intention de revenir en avion, mais il serait déjà venu s'il en avait eu l'intention. Qu'est-ce que papa aurait dit ? Je pense aussi à ce que disent les médias, bien que ça n'ait pas grande importance. Ça fait longtemps qu'ils n'ont pas eu quelque chose comme ça. Ça fait longtemps qu'ils n'ont pas eu une affaire comme celle-là à se mettre sous la dent. Ils disent que cette affaire est unique en son genre. Que

1. C'est la plus grande prison d'Islande, à Eyrarbakki, sur la côte sud-ouest.

c'est un coup monté. Qu'on a rarement vu une chose pareille en Islande.

Je ne sais pas. Comme je l'ai déjà dit, je ne sais rien des affaires criminelles.

Et je passe mon temps à tout repasser dans ma mémoire.

À penser à Bettý.

Je venais de terminer ma dernière intervention ce jour-là lorsqu'elle m'invita à prendre un café. Je regardai l'heure pour faire semblant d'avoir quelque chose de plus intéressant à faire, mais elle paraissait savoir que rien ne m'attendait au bureau. J'avais l'intention de trouver une excuse quelconque, mais aucune ne me vint à l'esprit à ce moment-là et je hochai la tête. Elle avait dû s'apercevoir de mon hésitation parce qu'elle se mit à sourire. Elle ne lâchait pas prise pour autant. Elle insistait, tout en restant un modèle de politesse. Elle se tenait devant moi, souriante, en attendant que je dise : d'accord.

– D'accord, dis-je. Peut-être un tout petit café alors.

Elle était habituée à ce que les gens lui disent « D'accord ».

Nous passâmes à l'hôtel *Saga*. Les gens la connaissaient. Elle me dit que tous les armateurs importants des autres régions du pays y passaient la nuit. Le service y était le meilleur. Elle ne me racontait pas d'histoire. Les serveurs s'inclinaient et faisaient des courbettes tout le temps. Le jour touchait à sa fin et elle nous commanda du café, une bonne liqueur et une toute petite tranche de gâteau au chocolat. Ils apportèrent tout cela sans qu'on y prête attention.

– À mettre sur la chambre ? demanda le maître

d'hôtel. Il se frottait les mains et je vis que c'était tout à fait involontaire.

– Oui, merci, fit-elle.

– Nous avons aussi une maison qu'on vient de rénover ici, à Reykjavík, me dit-elle. Elle est dans le quartier de Thingholt. Mon mari l'a achetée il y a deux ans, mais nous ne l'avons jamais utilisée. Il pensait la faire démolir pour en construire une neuve sur le terrain, mais il a étudié les idées de l'architecte d'intérieur et...

Elle haussa les épaules, comme pour montrer que cela n'avait aucune importance que la maison de Thingholt reste debout ou soit démolie.

– Hmm... marmonnai-je avec un délicieux goût de gâteau au chocolat dans la bouche.

Je me mis à réfléchir à mon petit appartement. Mes collègues juristes avaient tout de suite emménagé dans des pavillons. Ils possédaient des voitures spacieuses et coûteuses, allaient en Autriche faire du ski, faisaient des voyages dans ce pays du soleil qu'est l'Italie et allaient faire leurs achats à Londres. Peut-être que moi aussi j'avais envie de faire comme eux, de faire fortune. Peut-être que c'est pour ça que je suis ici. Je n'ai jamais su me débrouiller avec l'argent. Les crédits que j'ai eus sur le dos pour mes études étaient énormes. Mon petit appartement était entièrement à crédit. La voiture que je conduisais ne démarrait même pas quand je voulais.

Il fallait que tout ça change.

– Nous sommes beaucoup à Reykjavík, dit Bettý. Elle ouvrit son étui et en retira une cigarette sans filtre. Elle m'a dit plus tard que ses cigarettes étaient grecques, importées spécialement pour elle. Les fabricants refusaient de mettre un avertissement sur les paquets bien que leur nocivité soit plusieurs fois supérieure à celle des américaines. Elle l'alluma avec un briquet en or. Son rouge à lèvres se déposa sur la cigarette qu'elle avait à la bouche.

– Où habitez-vous autrement ? demandai-je.

– À Akureyri[1]. Mon mari possède une société maritime. Il est de l'est du pays. Moi, je suis de Reykjavík. Nous habitons ensemble depuis sept ans.

– Et c'est lui qui cherche un conseiller juridique ?

– Oui. Il est en réunion à la LÍÚ[2]. Je l'attends d'une minute à l'autre.

– Et pendant ce temps-là, tu vas à une conférence sur le management de la pêche en mer et l'UE.

Elle éclata de rire.

– Il savait que tu serais à cette conférence et c'est lui qui m'a demandé de te parler. De temps en temps, je suis utile à l'entreprise. Le plus souvent quand il a besoin d'amuser d'autres armateurs et copropriétaires dans toutes ces sociétés par actions ou bien des étrangers avec qui il traite. Des Allemands, pour la plupart.

– Et il t'a demandé de me contacter ?

– Est-ce que tu peux le rencontrer aujourd'hui ? Nous partons dans le Nord demain, et il y a un bal à la LÍÚ ce soir. Ici, à l'hôtel. Si ça t'intéresse, je peux… Mais tu n'as peut-être pas le temps… Ou bien tu n'en as pas envie…

– Pourquoi est-ce qu'il a besoin d'un conseiller juridique ?

– À cause des étrangers. Il a besoin de savoir où il met les pieds, avec l'Union européenne. Tu sais tout sur

---

1. La plus importante ville du nord de l'Islande.
2. LÍÚ : *Landssamband íslenskra útvegsmanna*, Union des armateurs islandais.

ce truc-là. Et lui, il ne comprend pas les contrats. Ils sont rédigés dans une langue juridique à laquelle personne ne pige rien sauf les initiés. Toi, tu sais comment ça marche. Lui, c'est tout juste s'il comprend l'anglais.

Elle éteignit sa cigarette.

– Il paie bien, dit-elle. La cigarette devait être vraiment forte, car sa voix, qui était déjà enrouée, grave et sexy, en devint plus rauque... Il ne faut pas que tu te fasses de souci pour ça, continua-t-elle. Excusemoi, est-ce que tu fumes ? J'aurais dû t'en offrir une.

– Non, merci, je ne fume pas.

– Encore du café ?

– C'est pas possible, dis-je. Il faut que j'y aille.

– Est-ce que je te verrai ce soir ?

Toujours cette insistance polie. J'avais envie de lui dire de laisser tomber et de partir car quelque chose chez elle me tapait sur les nerfs. J'avais l'impression de ne rien avoir à faire avec elle, de ne rien avoir à faire avec son mari, ni avec sa grande, son énorme société maritime dans le Nord, de ne rien avoir à faire avec leur richesse, leur maison à Thingholt qu'il leur était égal de faire raser. De ne rien avoir à faire avec ce monde dans lequel les serveurs s'inclinaient et faisaient des courbettes en apportant des plateaux pleins de gâteaux.

– Je sais que mon mari a très envie de te rencontrer, dit-elle.

Encore son insistance.

– C'est que... dis-je en essayant de trouver les mots justes. Tout cela est très tentant, mais je ne sais pas où je vais. Je ne sais pas qui tu es, je ne t'ai jamais vue avant. Je sais qui est ton mari et je connais un peu son entreprise, comme tout le monde en Islande probablement. S'il veut m'engager pour un travail ou une

20

mission, il peut me contacter au bureau tout comme les autres. Merci pour le café.

Je me levai, elle m'imita et me serra la main.

– Alors, tu n'as pas l'intention de venir au bal ce soir ? dit-elle. Elle me regarda de ses yeux bruns, ignorant ma tentative de lui montrer que je n'avais en rien besoin de leur couple ou de leur argent.

– Je ne connais personne.

– Tu me connais, moi, dit-elle, et ses yeux souriaient comme si nous avions déjà un petit secret en commun.

Lors des interrogatoires, j'ai clamé mille fois mon innocence. Mon avocat me l'avait conseillé dès le début.

Je ne sais pas ce qu'il pense de mon affaire. J'ai mis ma vie et mon honneur entre ses mains et il faut que je lui fasse confiance. Je sais qu'il a plaidé lors de quelques grands procès. Il est venu une fois chez nous au cours de droit pénal et il a parlé un peu de ses procès. Il a défendu des trafiquants de drogue, des cambrioleurs, des criminels et des assassins. La police le connaît très bien. Il est un peu le vieil ami des gardiens. Il a la soixantaine, il est svelte, chauve, la moustache tombante, ce qui lui donne un air inutilement triste.

– Qu'est-ce que disent les gens ? lui ai-je demandé un jour. Qu'est-ce que les gens pensent ?

– Ne te fais pas de souci pour ça, dit-il en ouvrant un grand porte-documents.

– Où est-ce que ça en est pour mon recours ?

– La Cour suprême l'a rejeté. Tu vas rester ici aussi longtemps que le veut la police.

– Je ne coopère probablement pas assez, dis-je.

– Tu n'as même pas voulu me parler, dit-il en se lissant la moustache.

C'était vrai. J'avais du mal à parler de ce qui s'était passé. Du mal à le reconnaître. Il disait qu'il était patient. Que c'était ma vie qui était en jeu. Et il disait aussi que je n'améliorais pas ma situation. Qu'il fallait que je sois davantage volontaire pour coopérer aussi bien avec lui qu'avec la police. Je sais très bien ce qu'il voulait dire. La détention provisoire vous amène à réfléchir et à replacer les choses dans leur contexte.

– Quoi qu'il en soit, dit-il, voilà quelques livres pour toi, pour que tu aies quelque chose à lire.

Il me tendit un roman, une biographie d'un homme politique et le récit d'un homme innocent resté des semaines et des mois en détention provisoire.

– J'ai pensé que ça pourrait t'aider un peu, dit-il.

– J'en ai encore pour longtemps ici, hein ? dis-je.

Il haussa les épaules.

– Les perspectives ne sont pas bonnes, dit-il. Si seulement tu voulais dire exactement ce qui s'est passé.

– Qu'est-ce que les gens disent ? ai-je redemandé.

– Ne te fais pas de souci pour ça, dit-il. J'ai d'autres chats à fouetter que de m'occuper du qu'en-dira-t-on.

Les policiers qui mènent l'enquête sont au moins quatre. J'ai tout lieu de penser qu'ils sont assistés de toute une armée de collaborateurs. Ce sont ces quatre-là qui m'interrogent, deux par deux. C'est comme au cinéma. On croit toujours que la vie n'est pas comme au cinéma, mais en fait c'est pareil. Dans la salle d'interrogatoire, il y a une grande glace et je sais que parfois il y a des gens de l'autre côté, même si je ne les vois pas. Sûrement des huiles. Ils ne sont pas toujours en train de nous regarder. À voir les enquêteurs, je sais quand il y a des gens qui observent. Si c'est le cas, ils sont plus coincés et se tiennent sur leurs gardes. Ils soignent leur langage. C'est ça qui leur importe. Ils se font aussi beaucoup plus de souci que moi. Lorsque leurs supérieurs ne sont pas de l'autre côté, ils sont plus détendus. Ce sont tous des inspecteurs de la Criminelle et ils m'interrogent toujours à deux comme si c'était leur tour de garde.

Il y a une femme dans le groupe. Je ne sais pas du tout comment la juger. Elle garde une certaine distance. Les autres peuvent blaguer, même si l'affaire est sérieuse. Mais elle, elle ne sourit jamais. Peut-être qu'elle est comme ça. Peut-être qu'elle a peur de moi. Elle me regarde d'un air sévère et lit ses questions sur sa feuille, ce qui fait un peu théâtral. L'interrogatoire lui-même est un peu une pièce de théâtre. La scène est délimitée, les acteurs peu nombreux, l'intrigue est dramatique et, comme toujours, le plus mauvais acteur a un gage.

Lorsque j'ai posé une question à propos de la glace, ils ont dit qu'elle avait été récemment installée, tout comme l'appareil enregistreur. Il y avait eu un jugement contre la police qui depuis lors enregistrait tous les interrogatoires.

– Qui sont les gens derrière la glace ? demandai-je.

– Il n'y a personne, me fut-il répondu.

– Alors pourquoi est-ce que vous avez cette grande glace-là ?

– C'est nous qui posons les questions, dirent-ils.

– Et vous ne trouvez pas ça drôle ? Une grande glace comme ça dans cette petite pièce ?

– Ça ne nous regarde pas.

Un jour, ils ont essayé ce truc qu'on voit dans tous les films policiers. Ça n'a pas marché et ils m'ont fait revenir. Il n'y avait évidemment personne derrière la glace parce qu'ils ne soignaient pas spécialement leur langage et étaient détendus, jusqu'à ce que l'un d'eux commence à s'exciter comme s'il voulait me provoquer tandis qu'un autre faisait semblant de le calmer.

Lorsqu'ils virent que je souriais, ce fut comme si la baudruche s'était dégonflée et ils arrêtèrent.

C'est l'unique fois où j'ai ri ici.

3

Bettý me téléphonait le soir.

J'étais en train de rentrer chez moi après avoir passé du temps sur un contrat de propriété pour un immeuble dans le quartier de Breidholt. Mon collègue d'université était président de la société des propriétaires et il m'avait confié cette mission parce qu'il savait que je n'avais pas grand-chose à faire. J'avais souvent réfléchi pour essayer de trouver quelque chose d'intéressant à faire. Me spécialiser au ministère des Affaires étrangères. Me trouver une place dans un bureau chez les autres. Ce qui me manquait, c'était l'énergie pour passer à l'acte et, en réalité, je profitais de ma solitude. D'une certaine façon, je n'aurais jamais pu imaginer de travailler chez les autres ou avec les autres. Je suis comme ça et je l'ai toujours été.

Le plus curieux, c'était que Bettý ne m'était pas sortie de l'esprit depuis notre séparation à l'hôtel *Saga* quelques heures auparavant.

Il y avait quelque chose en elle qui m'intriguait et je crois savoir maintenant ce que c'était. Elle avait une assurance et une prestance qu'à ce moment-là je ne m'expliquais pas. Pour elle, tout cela était une pièce qu'elle avait déjà jouée auparavant. Elle était très consciente de sa beauté et l'avait probablement toujours utilisée pour obtenir ce qu'elle voulait. Je connais peu de femmes aussi conscientes de la force que leur confèrent la beauté et le sex-appeal. Toute sa vie, elle avait mené les gens par le bout du nez et elle était tellement habile qu'on ne s'en apercevait que lorsqu'on se retrouvait dans ses bras.

– Il m'a grondée, dit-elle au téléphone, la voix enrouée comme après avoir fumé des cigarettes grecques.

– Qui ça ? Ton mari ?

– Parce que je n'ai pas parlé du salaire, dit-elle. Nous n'avons jamais parlé de ce que tu aurais comme salaire.

– Mais nous n'avons jamais dit non plus que je ferais quoi que ce soit pour vous.

– Il voulait que je te dise combien tu aurais. Est-ce que tu peux venir ce soir ? Il a très envie de te rencontrer pour t'engager.

Lorsque je regarde en arrière, alors je me dis que peut-être que c'était là. Si j'avais refusé, elle m'aurait fichu la paix et serait allée voir ailleurs. Peut-être qu'elle aurait refait une tentative le lendemain. Peut-être que non. Mais c'est là que j'ai fait ma première erreur.

Probablement que je m'ennuyais. Il n'y avait rien d'excitant dans ma vie et même si je ne recherchais pas absolument quelque chose d'excitant, je voulais du changement. Peut-être que ce travail serait un tremplin pour moi. Plusieurs grandes sociétés maritimes chercheraient à m'employer. Je pourrais travailler dans le domaine que je connais le mieux, dans ma spécialité. Plus de contrats de propriété à Breidholt.

Et ça signifiait aussi de l'argent. Peut-être que c'était de la curiosité. Peut-être que je voulais savoir combien ces gens-là pouvaient offrir et quelles étaient les limites de leur univers de milliardaires. À la vérité, je manquais d'argent, pour ne pas dire plus. Je n'étais peut-être pas précisément ce qu'on appelle pauvre, n'empêche que je n'avais pas un sou vaillant.

– Comment ça se passe ? Il faut que j'achète une entrée ou quoi… ?

– Nous sommes dans la suite la plus grande, fit-elle, et je vis qu'elle souriait. Viens.

Je portais une tenue élégante qui datait de la fin de mes études de droit à la maison. Cela faisait trois ans qu'elle n'avait pas quitté l'armoire. Je n'avais rien d'autre à me mettre. Lorsque je jetai un coup d'œil dans la glace, elle me sembla convenir. Je n'avais pas pris de poids pendant ces trois années. Au contraire. Comme je l'ai déjà dit, je n'avais pas mené grand train.

Je ne savais pas qu'il y avait une suite de luxe spéciale à l'hôtel *Saga* ni qu'elle était aussi magnifique. Bettý m'expliqua qu'on venait de la rénover. Probablement voyait-elle que j'en restais bouche bée comme un enfant. La femme de la réception a eu un drôle de sourire quand je lui ai dit que j'avais l'intention d'aller dans la suite pour voir Bettý et son époux. Elle n'avait pas plus de trente ans, elle était blonde et un peu potelée avec de gros seins et de jolies hanches. Elle m'indiqua l'ascenseur et me souhaita beaucoup de plaisir.

Beaucoup de plaisir.

J'ai d'abord cru qu'elle disait cela pour le bal. Maintenant, je crois savoir ce qu'elle voulait dire. Son sourire donnait à penser qu'elle y était déjà allée, dans cette suite.

Bettý me reçut à la porte. La suite se composait de trois pièces. Le séjour était démesuré et il y avait une épaisse moquette blanche partout, même dans les deux cabinets de toilette. Des toiles neuves de peintres islandais étaient accrochées aux murs. Elles représentaient des enfants nus aux ailes d'anges et aux visages étonnamment adultes. La table de la salle à manger était en chêne d'Argentine, je me souviens que Bettý me l'avait dit. Elle prenait plaisir à me parler de ces objets. Elle me tendit une coupe de champagne qu'elle venait de prendre sur un plateau d'argent. Il faisait sombre dans cette suite, les rideaux avaient été tirés devant toutes les fenêtres et la lumière était tamisée. Elle avait rendu cette suite aussi confortable que possible. Je sirotais ma coupe de champagne et il me sembla entendre la chaîne de sa cheville tinter.

– Il est en réunion, dit-elle, mais il arrive tout de suite. Je suis vraiment très contente que tu aies pu venir.

Elle souriait et son sourire… Je me rendis enfin compte de la raison pour laquelle j'étais là. La principale raison, c'était elle, Bettý. Dans mon for intérieur, j'avais envie de la revoir, de la voir sourire. Mon Dieu, qu'elle était jolie !

Mon Dieu, comme j'avais envie d'elle !

– Je n'avais rien de précis à faire, dis-je en regardant sa robe de soie extrêmement légère et élégante qui accentuait toutes les rondeurs de son corps. Pas plus de soutien-gorge que lorsque je l'avais vue un peu auparavant.

Je sirotai mon champagne et essayai de regarder autre chose. J'essayai de regarder les tableaux.

– Ne te fais pas de souci pour ta tenue, dit-elle. Les armateurs sont le plus souvent en tricot et en bottes, et au rez-de-chaussée ils sont vraisemblablement complètement soûls.

– Cette suite, ce n'est pas rien, dis-je. C'est là que passent les bénéfices des quotas ?

Mes paroles ne se voulaient pas aussi caustiques, mais d'un autre côté je n'avais rien à perdre. C'était peut-être tout simplement l'envie qui me faisait dire ça. Je ne sais pas. Toute cette richesse me stupéfiait. Ils dépensaient davantage pour un bref voyage à Reykjavík, davantage pour un petit bal qu'un salarié ordinaire ne gagne en six mois.

– Il te reste à voir mon mari, dit-elle en riant. Lorsqu'elle éclata de rire, je m'aperçus qu'elle mettait prudemment la main sur un sourcil, comme si elle avait mal. Je la regardai en souriant et je vis qu'elle avait un œil poché, bien qu'il fût soigneusement caché grâce à tout ce qu'il y a de plus cher en cosmétique. Elle ne l'avait pas lorsque je l'avais vue dans le courant de l'après-midi. Quelque chose s'était sans doute passé dans l'intervalle. Quelque chose entre elle et son mari, c'est ce que je m'imaginais. Je ne savais rien de ces gens et je n'avais sans doute pas très envie de les connaître. Sauf elle. C'est pourquoi je demandai tout de go :

– Tu as un œil poché ?

– Ça se voit ? rétorqua-t-elle, inquiète.

– Pourquoi as-tu un œil poché ? Tu n'en avais pas tout à l'heure.

– C'est une maladresse de ma part, fit-elle. J'étais dans les toilettes avec la porte ouverte quand le téléphone a sonné. Je me suis cognée à la porte en voulant répondre tout de suite. Je ne l'ai pas vue. Ça ne m'était jamais arrivé auparavant. Ça se voit ?

– Non, fis-je.

– Mais toi, tu l'as vu.

– Personne d'autre ne le verra, dis-je.

Elle hésita.

– Tu crois ?

– Ils sont tous là avec leurs bottes et ils sont complètement soûls, dis-je.

Au même instant, la porte de la suite s'ouvrit et son mari entra.

Je savais très bien qui il était : l'un des plus grands armateurs auxquels les médias avaient recours en cas d'informations nouvelles concernant la pêche en mer. Il était grand, grassouillet et très bronzé. Il avait des traits réguliers et ses cheveux commençaient à se clairsemer. Je pensais qu'il me saluerait en me voyant. Bettý, quand elle parlait, donnait l'impression qu'il jugeait important de m'engager, mais lui faisait comme si je n'étais pas là.

– Tout va bien ? demanda-t-il en embrassant Bettý sur son ecchymose. Elle me regarda avec un sourire mystérieux.

– Tu ne salues pas le conseiller juridique ? demanda-t-elle de sa voix grecque qu'elle venait soudain de reprendre.

– C'est toi ? dit-il sèchement en se tournant vers moi.

Nous nous serrâmes la main. Très brièvement. J'essayai de le regarder dans les yeux, mais il regardait déjà vers le bar.

– Tu veux quelque chose ? demanda-t-il à Bettý en se dirigeant vers celui-ci, en faisant comme si je n'existais pas. Je me disais que son comportement était étonnant, s'il tenait tant que ça à m'engager.

– Du gin, dit-elle. Et toi ? me demanda-t-elle.

– Je crois bien que je vais m'en aller, dis-je. Je ne peux pas rester.

– So busy ? dit l'armateur en versant un gin.

– Au revoir, fis-je à l'adresse de Bettý.

– Tu gagnes combien par an ? demanda-t-il.

Sur le point de quitter la suite, je me retournai lorsqu'il se mit à rire. Je m'arrêtai net et le regardai sans comprendre ce qu'il trouvait drôle.

– Ces juristes, dit-il.

– Qu'est-ce qu'ils ont ? dis-je.

– Ils se croient supérieurs aux autres.

Je regardai Bettý et je vis qu'elle était gênée.

– Tu es toujours aussi grossier ? fis-je.

Il se dirigea vers moi.

– Je ne savais pas que les juristes pouvaient être aussi susceptibles, dit-il.

– Tozzi… dit Bettý. C'est vraiment un besoin chez toi de te comporter comme ça ?

Je me souviens avoir pensé que c'est l'argent qui avait créé cet homme. J'aurais pu lui dire ce que je pensais de ces petits merdeux qui n'ont jamais eu envie de se cultiver parce qu'ils tiennent la culture pour une perte de temps et une idiotie. Qu'ils avaient des complexes parce qu'ils savaient que les gens qu'ils engagent sont bien meilleurs qu'eux. Je ne savais pas s'il était capable de lire une autre langue. Et il était sûr de lui, comme tous ceux qui n'ont pas besoin de se soucier de gagner leur vie. Il croyait qu'il avait le droit de faire tout ce qu'il voulait parce qu'il était riche. Son air assuré avait une odeur d'argent.

Elle l'appelait Tozzi.

Je ne sais pas pourquoi cela me vint à l'esprit. Peut-être à cause de sa façon à elle de le regarder. Il y avait quelque chose entre eux que je ne comprenais pas et que je ne comprends toujours pas. Quoi qu'il en soit, je ne pus m'empêcher de poser une question :

– Je peux utiliser les toilettes ? dis-je en regardant Bettý.

– Bien sûr, dit-elle, et je la sentis soulagée de voir la tension retomber. Je regardai en direction de Tozzi et ma bouche se tordit en un rictus.

Je regardai la glace des toilettes. Ils se disputaient

violemment dans la pièce. À mon sujet. Elle avait laissé entendre qu'il était très désireux de m'engager comme juriste, mais son accueil n'était pas précisément aimable et je ne comprenais pas ce qui se tramait. Je jetai un coup d'œil autour de moi. Mes soupçons se révélèrent fondés. Il y avait un téléphone dans la salle de bain. C'était une suite de luxe et il y avait sûrement aussi un téléphone dans l'autre salle de bain.

Elle avait déclaré s'être cognée contre la porte lorsqu'elle avait voulu répondre au téléphone. Pourquoi n'avait-elle pas répondu avec le téléphone de la salle de bain ? Pourquoi mentait-elle au sujet de son œil poché ? Est-ce que c'était Tozzi qui lui avait fait ça ? Est-ce que Tozzi était assez riche pour se croire autorisé à battre sa femme ?

Je tirai la chaîne et fis couler l'eau du robinet dans le lavabo. J'attendis trente secondes et je sortis. Ils s'étaient disputés tout le temps que j'étais dans la salle de bain.

– L'affaire est dans le sac, dit Betty en regardant Tozzi. La question est juste de savoir combien tu prends de l'heure.

Je réfléchis avant de sortir un chiffre absurde.

– D'accord, dit-il.

– Ça ne m'intéresse pas de travailler pour toi, dis-je en me dirigeant vers la porte.

J'entendis derrière moi qu'il éclatait de rire. J'ouvris la porte en me retournant et je la regardai.

Ses petits seins se dessinaient sous la robe. Elle se tenait sous un éclairage particulier et je m'aperçus qu'elle n'avait pas de petite culotte.

4

Comment ai-je atterri ici ?

Mais qu'est-ce que j'ai pu faire pour atterrir dans un endroit pareil ?

Je ne traîne pas derrière moi tout un passé délictueux. Je n'ai jamais enfreint la loi, comme on dit. Je peux dire qu'en principe je suis comme tout le monde, que je respecte les lois, que je mets de la monnaie dans les parcmètres, que je ne brûle pas les feux rouges et qu'il m'arrive parfois de passer une bouteille d'alcool en fraude à la douane. Nous sommes presque tous comme ça.

Qu'est-ce qui a dérapé ? Comment ma vie tranquille et monotone a-t-elle pu basculer dans cet invraisemblable chaos ?

Peut-être étais-je plus solitaire que je ne l'avais cru. J'avais très peu d'amis, et même sans doute plus aucun, vu là où j'étais maintenant. Je n'ai jamais éprouvé le besoin d'avoir des amis. Ma famille est restreinte et a toutes sortes de défauts dont je ne veux pas parler en détail. Peut-être que je ne fais pas assez attention aux gens. Peut-être que…

Bettý a rompu mon isolement. Peut-être que c'est pour ça que je la trouvais excitante. Elle était apparue au bon moment, elle était prompte à trouver le point sensible des gens, elle était étonnante, résolue et énergique. Bettý ne reculait devant rien.

Peut-être que j'étais une victime toute désignée et sans doute que je n'ai pas assez résisté au début. Je n'ai aucune excuse, si ce n'est de ne pas avoir vu d'où venait le vent. Bettý a réussi à me prendre complètement au dépourvu. Je ne m'attendais absolument pas à ce qu'elle ose faire cela alors que nous nous connaissions à peine. Elle était irrésistible. Sans aucune inhibition.

Je sais que c'était avant tout une affaire de désir.

De désir chez elle et de désir chez moi.

Les semaines qui suivirent, elle m'appela sans arrêt.

Beaucoup de temps s'écoula avant qu'elle n'arrive à ses fins et que nous nous revoyions. À tout moment, je pouvais m'attendre à l'avoir au téléphone et à l'entendre me parler avec sa voix grecque. Parfois, il s'écoulait quelques jours entre deux coups de fil. Parfois, elle appelait deux fois dans la même soirée. Ça m'énervait peut-être moins que je ne le croyais. Son insistance et sa ténacité n'avaient rien d'ennuyeux. Bettý ne pouvait pas être ennuyeuse. Pour tout dire, il arrivait bien plus que ce soit moi qui m'ennuie le soir et qui désire qu'elle appelle. Alors, je revoyais ses petits mamelons qui pointaient sous la robe.

Finalement, un soir après une conversation téléphonique plutôt sans aménité, je jetai l'éponge.

Je venais de rentrer quand le téléphone commença à sonner. La journée au bureau m'avait ôté toute velléité de répondre au téléphone. Les propriétaires de l'immeuble de Breidholt s'étaient plaints à moi toute la journée, trouvant sans cesse à redire au contrat de changement de propriété. Je regardai l'affichage des numéros et je reconnus le sien. Je laissai sonner et j'allai dans la salle d'eau me faire couler un bain. Je trouvai un disque de Bob Dylan, je le mis sur le pick-up et m'étendis dans une eau chaude qui me délassa. Le téléphone recommença à sonner dans le séjour. Je savais que c'était elle.

Je n'avais pas besoin de répondre. Si j'avais su alors tout ce que je sais maintenant, je ne lui aurais jamais répondu. Mais que sait-on de l'avenir ? Peu après neuf heures, elle avait appelé encore deux fois et je pensais qu'elle avait l'intention de me faire veiller et d'appeler jusqu'à ce que je réponde. Je voulus être laconique.

– Tu veux arrêter d'appeler ici, dis-je avant qu'elle n'ait eu le temps de se présenter.

– Tu savais que c'était moi ? dit-elle.

– Fiche-moi donc la paix !

– Tu m'as laissée appeler toute la soirée sans me répondre ?

– Je veux que tu arrêtes de m'appeler. Je ne te connais pas. Je ne sais pas ce que tu me veux. Ton mari est un rustre qui ne veut pas que je travaille pour lui, c'est clair, et je ne comprends pas ce qui te prend et je veux que tu me fiches la paix !

Ça ne lui fit aucun effet.

– Est-ce que je peux te voir ? demanda-t-elle. Bien sûr que Tozzi veut que tu travailles pour lui. À l'hôtel, c'était juste de la frime. Il faut toujours qu'il frime. Il voulait savoir comment tu le prendrais quand il t'a fait son cinéma. Il n'avait rien contre toi personnellement.

Je me décidai à lui poser une question concernant son ecchymose. Je n'avais jamais fait cela et voilà que je trouvai tout à coup que c'était de mise.

– Pourquoi est-ce que tu n'as pas répondu avec le téléphone de la salle de bain ? demandai-je.

Elle mit du temps à répondre. Lorsqu'elle s'en rendit compte, elle essaya d'abord d'éluder.

– Je ne sais pas de quoi tu veux parler. Est-ce qu'on peut se voir ?

– Quand tu t'es cognée dans la porte, dis-je. Tu as déclaré avoir voulu répondre avec le téléphone du séjour, alors qu'il y en a un dans la salle de bain et il a sonné. Tu pouvais répondre avec.

Encore le silence.

– Je te le dirai si tu veux bien me voir.

J'étais en train de me quereller avec elle.

– Laisse tomber, dis-je. Ça ne m'intéresse pas de le savoir. Vos petits secrets à toi et « Tozzi » ne m'intéressent pas. Fiche-moi la paix. Ne m'appelle plus.

Et je raccrochai. Une demi-heure s'écoula avant que le téléphone ne recommence à sonner. Je regardai. C'était le même numéro qui avait appelé toute la soirée. Je souris. Et je répondis.

– Tu ne me lâcheras pas, dis-je.

– Pas avant que tu me promettes de venir me voir, dit-elle. J'entendis qu'elle expirait la fumée d'une cigarette grecque et je vis devant moi les traces de rouge à lèvres sur le papier de cigarette et le rouge de ses lèvres.

– Où ? fis-je.

Leur maison de Thingholt était immense. On en avait parlé dans les journaux lorsque son mari l'avait achetée parce qu'il était en concurrence avec un vendeur de voitures qui la voulait aussi. Lorsque les enchères se terminèrent, il avait payé vingt millions de plus que prévu initialement pour la posséder. À l'intérieur, la maison était tout sauf à l'abri des courants d'air, il n'y avait rien que le gros œuvre, comme on dit.

Même les portes avaient été arrachées des montants. Une cloison avait été abattue pour agrandir la cuisine et tout l'équipement enlevé. Seul un sol de pierre nu vous accueillait dans toutes les autres pièces et les chambres. De nouvelles ouvertures de portes avaient été percées et il y avait aussi un trou dans le sol pour un escalier en colimaçon menant au cellier, qui restait à faire. Devant les fenêtres, il y avait des toiles qui protégeaient de la peinture.

Il y avait trois salles de séjour et elle se tenait dans l'une d'entre elles. Lors de mon arrivée, elle fumait. La porte de la maison était ouverte, je frappai et je l'entendis me dire d'entrer. Elle portait un ensemble beige de bon ton, sa jupe était courte et arrivait tout juste à mi-cuisse. Ses escarpins à hauts talons étaient de couleur claire. Nous nous serrâmes la main et elle s'offrit à me faire visiter la maison. Nous passâmes de pièce en pièce et je trouvai cette maison très froide et sans âme. Je me rappelle que je me fis la réflexion suivante : même si le roi des quotas dépensait cent millions de plus, elle resterait aussi froide et sans âme qu'auparavant.

– Vous avez des enfants ? demandai-je.

Elle secoua la tête.

– Vous aurez de la place pour vous, dis-je.

Nous nous tenions dans la cuisine et elle me montrait la future place de la cuisinière à gaz. Elle était tout à son affaire en me décrivant la maison et elle me détaillait les choses pour les dalles et le parquet. Elle me dit que la maison était malgré tout essentiellement l'affaire de Tozzi.

Tout ce monstrueux chantier.

– Il dit que les enfants viendront plus tard. Il n'a guère le temps de faire autre chose que de gagner de l'argent, dit-elle.

On avait plutôt l'impression qu'il n'avait pas de temps

pour elle. Le ton de sa voix était ennuyé et triste. Je me tenais là dans la cuisine, mal à l'aise, et je n'avais pas envie de connaître ces gens-là. Il y avait chez eux un manque d'égards et une sorte d'inconscience, quelque chose de fruste et de grossier qui est le propre des gens qui ignorent les limites de la bienséance. Il y avait chez eux deux quelque chose de repoussant, de mal dégrossi, mais aussi une sorte de charme insolite.

– Tu as envie d'avoir des enfants ? demandai-je.

– On a essayé, dit-elle. Peut-être que ça se fera un jour.

Elle continua à me guider à travers la maison jusqu'à ce que nous arrivions dans la plus grande pièce à l'étage. Elle me dit que ça serait leur chambre et m'expliqua comment elle voulait qu'elle soit, si toutefois elle pouvait en décider.

Je hochai la tête en montrant un intérêt tout juste poli.

– Tu as l'intention de travailler pour nous ? demanda-t-elle.

– Je pense que je n'ai aucune…

Elle ne me laissa pas finir ma phrase.

– Certainement, dit-elle, et un mot me revint à l'esprit : « majestueuse ». Je ne connaissais pas le parfum qu'elle utilisait, mais il nous suivait dans la maison à l'instar de quelque chose de dangereux et d'excitant.

– Fais-le pour moi, dit-elle en s'approchant de moi.

– Pour moi, l'argent est toujours bon à prendre, fis-je, histoire de dire quelque chose.

Elle s'approcha encore avec ses hauts talons et sa jupe moulante qui rendait ses vigoureuses cuisses tellement sexy que j'eus de la peine à en détourner les yeux. Je me tenais à la même place et je la regardais ; je regardais l'éclat de ses yeux marron, ses lèvres pulpeuses et son joli visage quasi méridional.

Elle vint tout près de moi.

– Je te promets que tu n'auras pas à le regretter, dit-elle en baissant la voix.

Il n'y avait personne dans la maison à part nous. Elle m'avait dit que les travaux de remise en état débuteraient le lendemain et qu'on attendait alors une armée d'artisans pour parer et décorer le palais du roi des quotas. Je ne savais pas d'où venait le vent. Je ne savais pas si je devais me tenir tranquille ou si je devais m'excuser et prendre poliment congé, ou bien m'enfuir carrément en courant et ne plus jamais revenir.

J'avais l'impression qu'elle devinait à quoi je pensais.

– Très bien, dit-elle si bas que je l'entendis à peine.

Alors, elle fit quelque chose que jamais de ma vie je n'oublierai.

Elle baissa les yeux et me contempla, elle me prit la main et la fit remonter le long de sa cuisse. Je ne la quittai pas des yeux. Elle mit ma main plus haut jusqu'à ce que je sente l'ourlet de sa jupe et elle la glissa dessous en remontant la cuisse encore plus haut. Elle n'avait pas de collant mais des bas nylon attachés par des jarretelles. Mes doigts passèrent sur l'élastique. Je ne savais pas comment réagir. Il ne m'était jamais rien arrivé de pareil auparavant. Sa bouche s'ouvrit et elle introduisit ma main à l'intérieur de ses cuisses jusqu'à ce que je sente une douce chaleur et alors je m'aperçus qu'elle ne portait pas de petite culotte.

J'allai vite retirer ma main, mais elle le sentit et me saisit fermement le poignet.

– Très bien, répéta-t-elle doucement.

Elle approcha son visage et m'embrassa. Involontairement, j'ouvris la bouche et je sentis sa langue pénétrer en moi, légèrement, précautionneusement et toute tremblante.

5

Ils veulent savoir comment et quand ça a commencé.

Nous n'avons pas arrêté d'y revenir et probablement que ma déposition prête à confusion, vu qu'ils sont tout le temps à m'interroger là-dessus. Il y a certaines choses qu'ils ne veulent pas accepter et ils me renvoient la balle. Et d'autres choses qui leur paraissent crédibles. J'ai décidé de me montrer disponible pour collaborer, mais je ne sais pas quelles choses je dois leur dire. Probablement que ce petit jeu est un genre de guerre des nerfs. Je pourrais leur dire toute la vérité, mais je doute qu'ils me croient. C'est pourquoi j'essaie de raconter des mensonges. Pas beaucoup. Je n'ai encore jamais raconté de mensonges qui aient de l'importance, mais je place çà et là de tout petits mensonges pour rendre mon récit plus plausible. Je ne suis évidemment pas crédible quand ils ne les gobent pas et me renvoient la balle, mais ils savent aussi que tous ceux qui sont venus dans cette pièce ont raconté des mensonges. Y compris eux-mêmes.

Il faudrait évidemment que je dise « eux et elle », parce qu'il y a une femme parmi eux. Elle est assise, elle garde le même air sévère pendant les interrogatoires et ne croit rien de ce que je raconte. Elle est tout ce qu'il y a de plus ordinaire, cette femme fati-

41

guée aux alentours de la quarantaine, et j'en suis à me demander s'il y en a beaucoup dans la police criminelle. Son visage est sans relief et quelconque, ses traits ne sont pas réguliers, rien ne dévoile quoi que ce soit de sa personnalité à part le fait qu'elle est sans doute tout aussi ordinaire que ses vêtements bon marché, la pierre synthétique de sa bague, son vernis à ongles de mauvaise qualité et sa dernière coupe de cheveux qui date de six mois.

Un jour, nous étions en train d'attendre son collègue, l'un de ceux qui s'occupent de l'instruction, un homme très mince avec des poches sombres sous des yeux perpétuellement en mouvement. Elle me dit qu'il s'était un peu attardé au téléphone ; à cause d'un stupide vol de bicyclettes, naturellement. Je les avais entendus parfois parler de ces délits mineurs. Elle était assise en face de moi et nous attendions. Le magnétophone n'était pas en marche et je ne crois pas qu'il y avait quelqu'un derrière la glace. J'y jetai un coup d'œil. Je l'avais fait souvent auparavant, mais il était vain de vouloir regarder à travers. La seule chose qu'on y voyait était mon propre visage rongé par la culpabilité, un visage que je préférais ne pas voir.

Et nous restâmes à nos places comme deux âmes en peine, un bref moment, jusqu'à ce qu'elle n'y tienne plus.

– Tu crois vraiment que tu vas t'en sortir comme ça ? demanda-t-elle en mettant l'index sur la touche d'enregistrement du magnétophone.

– Je ne vais pas m'en sortir, de toute façon, dis-je.

– Ça ne va sûrement pas t'aider de te comporter comme tu le fais, dit-elle.

– Est-ce que ça t'aide, toi ? dis-je.

– Quoi ?

– De te comporter comme tu le fais ?

Elle se tut et me fixa.

– Vous croyez que vous pouvez tout vous permettre, dit-elle.

– *Vous ?*

– Vous, les juristes, dit-elle. Les gens riches. Vous croyez que la vie n'est qu'un jeu et qu'on n'a jamais besoin d'assumer les conséquences.

– Je n'ai jamais cru ça, dis-je. Je ne sais pas de quoi tu veux parler. Je ne sais pas pourquoi tu crois me connaître. Je n'ai jamais cru que la vie était un jeu.

– Non, dit-elle. Sûrement pas. Tu ne sauras sûrement jamais de quoi parlent les gens ordinaires comme moi. Et tu n'as aucune envie de le savoir parce que tu te crois au-dessus de nous. Tu te crois d'une classe supérieure. Ou plutôt tu crois que tu fais partie de la crème parce que tu es de ces gens qui ont le trou du cul bourré de fric et qui peuvent s'acheter tout ce qu'ils veulent. Toi aussi.

– Alors, tu me crois ? dis-je.

– Personne ne te croit, dit-elle.

Là-dessus apparut son collègue, l'homme aux poches sombres sous les yeux. Il était en chemise bleue et il avait de petites taches de sueur sous les bras. Parfois même, il sentait la sueur. Il apportait une tasse de café qu'il déposa sur la table près du magnétophone.

– Eh bien, dit-il, on va commencer.

J'avais envie de lui parler de ses taches. Je regardai la femme dans les yeux. Je savais qu'elle pensait à la même chose. Nous ne dîmes rien.

Lorsqu'ils me demandent comment ça a démarré, je ne peux rien répondre. Comme je l'ai déjà dit, je n'ai aucune idée de comment ni de quand tout ça a débuté. Je sais seulement que ce n'est pas moi qui ai commencé. Ma participation a été tout à fait involontaire. Ce n'est que plus tard que j'ai eu la certitude que c'était un coup monté.

Mais sans doute que ça a commencé dans cette chambre conjugale encore à aménager à Thingholt. Dans cette grande pièce froide où pour la première fois j'ai ressenti cette douce chaleur.

Plus tard, il fut clair que Bettý n'avait plus à installer encore qu'une petite chose dans cette grande maison : moi.

6

Elle ne l'appelait jamais autrement que Tozzi. Il se nommait en fait Tómas Ottósson Zoëga et il n'essaya même pas d'être aimable quand je m'assis devant son grand bureau. C'était comme s'il avait autre chose à faire que de perdre son temps à discuter avec un juriste.

Il n'était pas ivre, c'était déjà ça. Il avait l'air d'avoir beaucoup à faire, il avait retiré sa veste, relevé ses manches et touchait parfois à ses grosses bretelles qui étaient à mon avis démodées depuis longtemps. Il me regardait d'un air revêche comme si j'avais davantage besoin de lui que lui de moi. Il décrivait son entreprise et se montrait fier d'avoir raflé les quotas de morue et divers autres çà et là dans le pays, surtout dans les fjords de l'Ouest. Il m'expliqua que parfois il avait été obligé de conclure des accords pour maintenir les bateaux en place afin de ne pas arrêter la pêche, principal revenu des communes. Mais nous ne les avons pas respectés, ces accords, dit-il en tirant sur ses bretelles. Ils le savaient tous quand nous avons acheté les quotas, qu'ils ne seraient pas tenus. Ce n'est pas à nous de garantir le maintien de l'habitat. Notre affaire, c'est de gagner de l'argent avec la pêche. Il est temps qu'on gagne de l'argent avec la pêche.

Avant que je prenne l'avion pour le Nord afin de

le voir, Bettý m'avait dit qu'il ne se souciait de rien d'autre que de lui-même et, de fait, je l'ai trouvé détestable. Et il y avait quelque chose chez lui, peut-être le fait qu'il soit rustre et grossier, qui m'intéressait, un peu comme lorsqu'on se sent attiré par des animaux dangereux.

J'ai horreur des hommes comme Tómas Ottósson Zoëga, qui jettent un regard condescendant sur tout ce qui les entoure et qui considèrent que personne n'est à leur niveau.

Il avait certainement quelques excuses, car il s'était sorti d'une misère noire par son travail et était devenu l'un des hommes les plus riches du pays. Il avait été l'un des premiers à se rendre compte de quelle façon fonctionnait le système des quotas, à les acheter et les thésauriser. Tandis que la plupart des autres entrepreneurs voyaient dans les quotas un profit vite réalisé, qu'ils les échangeaient contre de l'argent sans y regarder à deux fois et se retiraient de la pêche, Tómas Ottósson Zoëga, lui, était en avance de plusieurs années sur son temps, et même de plusieurs décennies. Il avait déjà amassé une petite fortune avant l'introduction du système des quotas. Avec quatre collègues, il avait acquis un bateau de pêche qu'il leur avait racheté plus tard. Il en était le capitaine et il était particulièrement heureux en affaires. Sa flottille de pêche se multipliait, il s'y ajoutait des chalutiers et, lorsque le système des quotas fut établi, Tómas était fin prêt. L'entreprise fut florissante pendant quelques années à mesure que les quotas s'accumulaient entre ses mains et il avait commencé à étendre davantage encore son domaine d'activité, cette fois au-delà des frontières du pays.

J'en savais moins sur sa vie privée bien que je sois dans son bureau et je me demandai ce que je pouvais bien y faire. J'avais pris l'avion pour Akureyri le matin. Une semaine s'était écoulée depuis que j'avais vu Bettý dans leur palais de Thingholt. J'avais réussi à la tenir à distance ; elle avait remis sa jupe en ordre et avait souri comme si elle venait de me faire une farce. J'étais un peu sous le choc. Aucune femme dans ma vie n'était jamais allée aussi vite en besogne et je me demandai bien ce qu'elle pouvait savoir sur moi avant notre premier contact, lors de ma conférence. La question devenait de plus en plus lancinante dans mon esprit à mesure que le temps passait. Est-ce qu'elle s'était renseignée sur ma situation personnelle ? Admettons qu'elle ait su qui j'étais, qu'elle ait connu ma formation et tout et tout ; est-ce qu'elle avait aussi appris quelle personne j'étais ? Avait-elle parlé à mes amis ? Pourquoi avait-elle jeté son dévolu sur moi ? Que voyait-elle en moi qui puisse lui être utile ?

À l'époque, je ne savais quasiment rien d'elle. Un jour, dans une salle d'attente, j'avais vu un article dans un journal à sensation très connu avec une photo d'elle et de Tómas Ottósson Zoëga. Dans cet article, il était question d'un nouvel amour dans la vie du roi des armateurs ou quelque chose comme ça. La photo était prise lors d'un bal au restaurant *Perlan*[1] et elle se blottissait contre lui en souriant. Il souriait lui aussi face à l'appareil, laissant découvrir une parfaite dentition, et il la tenait par la taille comme si c'était ses quotas. Elle portait ce nom curieux à consonance étrangère : Bettý. Tómas Ottósson était alors divorcé de sa femme numéro deux et n'avait pas d'enfants.

1. « La Perle » est un célèbre restaurant tournant avec terrasse panoramique à Reykjavík.

Ce que la photo glamour du magazine ne montrait pas, c'est que sa Betty, parfois, il la battait.

Elle m'avait dit tout cela dans leur palais. Alors que nous allions partir. C'était gênant pour moi, après cette scène dans la chambre conjugale, et elle sembla s'apercevoir de mon malaise. Elle fit comme si de rien n'était. Nous nous tenions dans le vestibule. J'allai ouvrir, mais elle poussa la porte, la refermant.

– Il me frappe parfois, dit-elle.

– Quoi ? dis-je.

– Tu m'as posé une question au sujet de l'ecchymose à l'hôtel. C'est lui qui m'a frappée. Ici.

Avec précaution, elle posa deux doigts sur ma pommette pour me montrer où le coup avait porté.

– Ensuite il m'a embrassée sur le bobo, dit-elle. Il dit tout le temps ça : « Permets-moi de faire un bisou sur le bobo. » Et je lui ai permis. Il est très gentil avec moi. Il m'aime. Il dit qu'il me tuerait si je le quittais.

Je la fixai des yeux.

– Et je l'aime très fort, dit-elle. Ne te méprends pas. C'est vrai.

Elle était revenue tout près de moi. Je tenais encore la poignée de la porte. Elle m'avait dit cela sérieusement, en croyant ce qu'elle disait.

– Mais ça, tout à l'heure, dis-je, sentant mes joues s'empourprer de nouveau. Ce que tu avais là, au visage. Alors tu es… ?

– Tu trouves ça pire ? demanda-t-elle.

– Pourquoi faudrait-il que je travaille pour un homme comme lui ? demandai-je.

– Tu n'y perdras pas.

– Il doit y avoir quoi, vingt, vingt-cinq ans de différence entre vous ? dis-je. Qu'est-ce que tu en penses ?

– Fais ça pour moi, dit-elle. Tu ne le regretteras pas. Je te promets que tu ne le regretteras pas.

Elle se pencha sur moi et m'embrassa légèrement sur la joue. Je saisis plus fortement la poignée et ouvris enfin la porte.

– Je te contacterai, dit-elle alors que je descendais l'escalier en courant.

Et je me retrouvai là dans le bureau de son mari, sans avoir la moindre idée de ce dans quoi je m'embarquais.

– Tu ne m'écoutes pas, hein ? dit Tómas Ottósson Zoëga en se calant dans son fauteuil. Il était en train de parler de l'augmentation des coûts, je crois. J'en étais bien loin car je me remémorais cette visite aussi étonnante qu'envoûtante chez sa femme dans leur palais. J'étais en train de le cocufier, lui là, assis en face de moi dans son bureau.

– Si, excuse-moi, dis-je, c'est que... ma mère est malade chez elle, à Reykjavík, et je pensais à elle. Excuse-moi.

Le bureau était dénué de tout faste et contre un mur il y avait deux larges armoires en chêne avec des vitrines qui conservaient, à ce que m'a dit Bettý plus tard, seulement une partie de la collection d'armes de Tómas. Je m'efforçai de ne pas trop lorgner à l'intérieur.

Jamais de ma vie je n'avais vu autant d'armes réunies.

– Il s'agit évidemment d'un travail à durée déterminée, mais pour cela j'ai besoin de toute ton énergie, donc si tu as une autre tâche en cours, je veux que tu t'en débarrasses, dit Tómas. Disons que tu travailleras pour moi et mon entreprise pendant au moins un an. Tu auras ton bureau ici. Nous avons aussi des bureaux à Reykjavík, où tu auras une place. Nous possédons un petit appartement, un pavillon mitoyen ici, à Akureyri, qui est à ta disposition.

Tu feras la navette entre les deux. Voilà, l'entreprise est…

J'étais en face de lui sur ma chaise et je l'approuvais de la tête car je trouvais ça convenable, mais mon esprit vagabondait dans toutes les directions. Je réfléchissais pour savoir comment un homme comme lui pouvait en arriver à agresser une femme comme Bettý. Comment un homme comme lui, bien plus âgé qu'elle, pouvait mériter d'avoir une femme comme Bettý. Et qu'en pensait Bettý elle-même ? Comment faisait-elle pour vivre avec un homme comme Tómas ? Je voyais bien qu'ils n'avaient rien en commun. Elle si jolie, si féminine et quelque part si solitaire, si vulnérable, bien que féroce comme une bête sauvage si l'envie lui en prenait. Lui n'était qu'un tas d'hormones masculines agressives et incontrôlées.

– … donc, plus tôt tu t'installeras ici, en ville, mieux ce sera. Bettý et moi avons l'intention d'inviter quelques amis ce samedi et je veux que tu viennes. C'est elle qui a insisté et je suis d'accord. Il faut que tu fasses connaissance avec ces gens. Tu auras à travailler avec eux par la suite.

Il appuya sur une touche et appela quelqu'un. Nous nous levâmes. La réunion était finie. La porte s'ouvrit et un homme entra. Tómas lui demanda de me faire visiter le pavillon et de m'assister jusqu'à ce que je retourne à Reykjavík en fin de journée.

Léo me fit faire le tour de l'entreprise tout en me parlant. Cela dura près de deux heures. Il m'invita ensuite à déjeuner à la cantine à l'étage. Il y avait évidemment du poisson au menu, mais il était meilleur que celui que j'avais mangé dans les restaurants de Reykjavík.

Après le déjeuner, il me conduisit au pavillon et me le fit visiter. Cette maison n'était pas moins vaste que tout ce qui appartenait à Tómas Ottósson Zoëga. Elle faisait plus de deux cents mètres carrés, avec son mobilier en cuir, une petite salle de remise en forme, une grande cuisine dernier cri et un vaste coin télévision avec un home cinéma. Il me sembla que la télévision à elle seule pouvait coûter un million de couronnes[1].

Léo sourit en me tendant les clés de la maison. Il me tendit aussi les clés de la voiture en me montrant une jeep qui se trouvait à l'entrée et il me dit qu'il fallait que je m'en serve quand je serais ici, à Akureyri. Et il prit congé en me rappelant que mon avion décollait vers quatre heures.

Je restai dans la maison, au milieu de la pièce, à me demander si cette richesse avait des limites lorsque le téléphone sonna. C'était Bettý.

– Comment ça s'est passé ? demanda-telle.

– Bof, fis-je. Nous avons tout passé en revue. Il veut que j'utilise ce pavillon ici à Akureyri où je suis en ce moment et où je vois une télévision qui vaut un million de couronnes.

– C'est pas super, ça ? Tu ne veux pas utiliser la maison ?

– Je croyais que je pourrais peut-être travailler seulement à Reykjavík. Dans mon propre bureau. Il m'a offert une place dans ses locaux ici. Et il y a aussi un détail…

– Oui, dit-elle, l'air indifférent, sans me laisser finir ma phrase. Tu fais ce que tu veux. Il t'a parlé de l'invitation pour samedi ?

– Qui il y aura ?

– Ses amis, dit-elle, et j'entendis à son ton que ce n'étaient pas vraiment ses amis à elle.

1. Soit environ 10 000 euros.

– Et il faut se mettre sur son trente et un ?

– Ça peut pas faire de mal. Quand est-ce que tu reviens à Reykjavík ?

– En fin de journée, en avion.

– Je suis seule à l'hôtel.

Je me tus.

– Je ne vais dans le Nord que demain, dit-elle. Est-ce que tu peux passer chez moi ? Nous pourrons…

– Bettý, fis-je en lui coupant la parole.

– Oui.

Je me tus. C'était trop précipité. Ça s'était fait trop rapidement. Malgré ça, il y avait quelque chose d'excitant dans son caractère décidé. Je savais très bien ce qui se passerait si j'allais la voir à l'hôtel. Elle ne me donna guère le temps de réfléchir à notre affaire. Peut-être que je ne voulais pas non plus y réfléchir beaucoup. Peut-être qu'elle le savait. Elle avait lu en moi comme dans un livre.

– Quoi ? dit-elle. Tu m'entends ?

– Vers les huit heures, dis-je.

– Alors, au revoir ! dit-elle, et je vis devant moi son joli sourire et l'éclat de ses yeux marron.

Nous nous quittâmes.

7

Quand je suis au lit dans le noir et qu'aucun bruit ne me parvient du couloir ou des autres cellules, je pense le plus souvent aux moments passés avec elle. Ces moments où nous étions ensemble et où elle me parlait d'elle. Je ne sais plus ce qui était vérité et ce qui était mensonge. Je ne crois plus rien, mais à l'époque, quand elle parlait de ses désirs et de ses passions, j'écoutais et je sentais combien elle m'attirait, je sentais combien nous avions de choses en commun, et même une expérience commune dont nous pouvions parler sans entraves et sans façons quand nous commencions à mieux nous connaître. Quand mon intérêt se transforma peu à peu en un amour irrépressible pour elle et pour tout ce qui la concernait.

Ils m'ont posé beaucoup de questions sur mon passé, en particulier l'homme aux poches sous les yeux et la femme. Ils s'appellent Lárus et Dóra. Je croyais que personne ne pouvait s'appeler Dóra et que c'était juste un diminutif, mais elle me dit que c'était son nom de baptême. Je ne sais pas pourquoi on les fait travailler ensemble, mais je les préfère en tout cas aux deux autres qui enquêtent avec eux. Parfois, je pense qu'il y a quelque chose entre cette femme et cet homme aux poches sous les yeux. C'est quelque chose de très ténu et je n'ai rien pour étayer cette supposition, mais c'est une impression que j'ai eue tout à coup et à laquelle depuis j'ai trouvé amusant de laisser libre cours.

– Tu as été au lycée de Hamrahlíd[1], dit l'homme qui semblait lire ses notes. Il avait pris une douche le matin. Ses cheveux étaient lavés de fraîche date et il avait une chemise propre. Il me semblait qu'il prenait une douche deux fois par semaine, ce qui était absolument insuffisant pour lui. La femme était allée chez le coiffeur. Ça servait au moins à quelque chose. Je ne pense pas à mal en disant cela. Dóra était un peu malheureuse. Elle ne paraissait pas avoir beaucoup d'argent et peut-être que sa vie privée ne lui avait pas beaucoup donné l'occasion de sourire. Peut-être que ça tenait uniquement à ce travail. Il n'intéressait peut-être pas Dóra et elle ne faisait rien pour en changer. Certaines personnes travaillent toute leur vie dans une profession qui ne leur donne aucune satisfaction et elles ne font jamais rien pour en changer.

– Oui, dis-je.

– Et ensuite tu as fait du droit ?

– Je trouvais ça excitant, répondis-je.

– J'ai essayé le droit, dit Lárus. Ça n'était pas pour moi.

– Tu as échoué ?

– J'ai arrêté, s'empressa-t-il d'ajouter.

– Il y en a beaucoup qui « arrêtent », dis-je.

– Tu es du quartier de Háaleiti, dit Dóra. Ils n'avaient pas encore mis en marche le magnétophone. C'était pas chouette de grandir dans ce quartier ?

– Si, c'était sympa, mais je ne sais pas pourquoi…

– Non, fit-elle, c'est que moi j'ai emménagé dans

1. Célèbre lycée prestigieux de Reykjavík.

un immeuble là-bas, dans le bas de Miklabraut, près du terrain de football.

Ils avaient quelquefois essayé cela auparavant. Le but était sans aucun doute d'amener le détenu à se détendre et de lui donner l'impression que les policiers lui faisaient confiance. Peut-être qu'ils avaient suivi un entraînement pour ça. Ou peut-être qu'ils avaient lu quelque chose là-dessus. Ils avaient quelquefois parlé avec moi sur un ton personnel sous prétexte de glaner des informations qui n'avaient finalement aucun rapport avec ce qui s'était passé, aucun rapport avec le crime, mais ils disaient que ça faisait partie du « profil » qu'ils voulaient tirer de moi. Alors, nous nous détendions davantage jusqu'à devenir presque de bons amis et, à ce moment-là, il n'y avait personne derrière la glace. Ou, du moins, c'est ce que je croyais.

Je me suis rendu compte qu'ils appliquaient leur méthode il y a quelques jours quand ils ont commencé à m'interroger sur ce que faisait mon père.

– Il est décédé il y a quelques années, n'est-ce pas ? demanda celui qui s'appellait Albert. Lui et Baldur dirigeaient l'interrogatoire. Je vis qu'Albert s'efforçait de ne pas laisser paraître sa compassion. Il avait l'air de quelqu'un à qui on aurait ordonné de servir le café contre son gré.

– Papa était agent dans une grande compagnie d'assurances, dis-je.

Il était cardiaque et il est mort à soixante ans. C'était un homme bon. Il a toujours beaucoup fumé et il était plutôt corpulent. Il aimait la bonne chère et le bon vin auquel il faisait honneur. Il pratiquait le golf, faisait des promenades, profitait de la vie et de tous les menus plaisirs qu'elle offre. Il ne savait pas qu'il avait une maladie de cœur avant que les médecins ne le lui

55

apprennent après une attaque sérieuse. Ils ont dit qu'ils ne pouvaient rien faire.

Il était toujours de mon côté quand maman piquait des colères et pleurait à cause de moi.

Je ne leur ai rien dit là-dessus. Cela ne les regardait pas. Je leur ai dit qu'il avait été agent d'assurances et que c'était un homme bon.

– Vous aviez de bonnes relations ? demanda Albert. Il était corpulent comme papa et à peu près du même âge que lui quand il est mort. J'avais envie de lui demander s'il faisait attention à son alimentation. Visiblement, il fumait beaucoup. L'une des premières choses qu'il m'a demandées, c'est s'il pouvait fumer dans la salle d'interrogatoire. Il y avait un cendrier fixé sur la table. Baldur le permet, dit-il. J'ai refusé. Je ne voulais pas inhaler la fumée de cigarette et je le lui ai dit. Il a passé outre. Après cela, nous n'avons pas été particulièrement amis.

Baldur, lui, ne fumait pas. Il était à peu près du même âge qu'Albert, mais son physique était très différent : il était chauve, élancé et souffreteux. Il avait l'air constamment enrhumé. Il avait un mouchoir que je trouvais répugnant. Il se mouchait dedans et le remettait dans sa poche, le reprenait et se mouchait à nouveau. Il était taciturne et je crois que je me méfiais davantage de lui que des autres.

– Nos relations étaient très bonnes, dis-je. Ça a quelque chose à voir avec notre affaire ?

– Détends-toi, dit Albert. On ne fait que causer.

– Comment veux-tu que je me détende ? éructai-je. Tu te détendrais si t'étais à ma place ? T'as qu'à te détendre toi !

Les questions concernant mon père me faisaient mal. Je sais ce qu'il aurait ressenti face à tout cela et j'essayais de ne pas trop y penser. J'essayais de ne pas trop penser à cette ignominie.

Ils se regardèrent.

– Voyons, si tu veux bien parler de lui... commença Albert.

– Continuons, dit Baldur en se mouchant, taciturne, souffreteux et enrhumé.

8

Notre premier rendez-vous secret eut lieu à l'hôtel *Saga*, lorsque je revins d'Akureyri après avoir vu son mari, Tómas Ottósson. J'avais soigneusement choisi ma tenue. J'avais sorti mes plus belles chaussures. Je me regardais dans la glace. Je ressentais une excitation que je n'avais jamais connue auparavant. C'était une joie anticipée qu'à vrai dire je ne saurais expliquer. Excitation, joie anticipée et Bettý. Somme toute, un cocktail dangereux et tout à fait irrésistible.

À la réception, la femme à la poitrine plantureuse m'aperçut au moment où je passai devant son comptoir. Elle sourit dans ma direction, mais je ne lui jetai qu'un bref coup d'œil sans la saluer et me dirigeai directement vers les ascenseurs. Je sentais tout le temps son regard sur moi et j'avais la certitude qu'elle était au courant de tout ce qui était interdit dans cet hôtel, y compris notre rendez-vous à Bettý et à moi.

Je vis tout de suite que Bettý aussi avait soigné sa tenue. Elle avait une robe d'été très décolletée qui soulignait les délicates rondeurs de ses petits seins, elle portait des chaussures basses très soignées ; elle était fardée avec goût, avec une petite mouche sur une joue que je n'avais pas remarquée auparavant.

– Tu veux du champagne ? fit-elle en refermant la porte.

– Oui, je te remercie, dis-je en m'étonnant une fois de plus de la magnificence de cette suite. C'était la même que lors de ma première visite pour m'entretenir avec Tómas Ottósson. Mais, cette fois, c'était une tout autre atmosphère. Cette fois, c'était une tout autre affaire. Elle le savait et moi aussi. Excitation. Joie anticipée. Bettý.

– Tu te plais à Akureyri ? demanda-t-elle en versant du champagne dans une coupe.

– C'est vraiment sympa, dis-je. Il y avait un homme qui m'a tout fait visiter…

– Il est sympa, Léo, tu ne trouves pas ?

Elle vint vers moi avec la coupe de champagne, s'assit sur un grand canapé blanc et me fit signe de m'asseoir. Je voulais m'asseoir sur une chaise en face d'elle, mais du plat de la main elle tapota le canapé et je m'assis à côté d'elle.

Nous avons parlé un moment de Léo. Et un moment aussi de Tómas et de l'entreprise. De la suite. Nous cherchions quelque chose qui servirait de transition. La seule chose à laquelle j'étais capable de penser, c'était quand elle m'avait donné un baiser dans leur palais de Thingholt. Peut-être qu'elle pensait à la même chose.

– Et toi ? demanda-t-elle. Qu'est-ce que tu peux me dire sur toi ?

J'hésitai. Je ne savais pas ce qu'elle voulait savoir.

– Tu vis avec quelqu'un ?

Je secouai la tête.

– Non, c'est que… La solitude ne me déplaît pas. La plupart des gens semblent éprouver le besoin d'avoir constamment du monde autour d'eux. Moi, je ne suis pas comme ça. Je n'ai jamais été comme ça.

– Moi, j'ai besoin de monde, dit-elle. Je ne pourrais jamais végéter comme ça toute seule sans avoir du monde autour de moi. C'est le bon côté de Tozzi. Il y a toujours du mouvement autour de lui. Avec cette grande entreprise et tout le personnel qu'il dirige. Les hommes avec lesquels il traite. Il n'y a pas de temps mort avec lui et je trouve ça parfait. J'aime bien quand il se passe des tas de choses.

Elle se mit à siroter sa coupe de champagne et la reposa sur la table. Ensuite, elle se leva pour aller chercher la bouteille et remplir à nouveau les coupes.

– Mais c'est aussi la seule chose qui me plaît chez lui, dit-elle en se rasseyant. La seule chose qui me plaît chez Tómas Ottósson Zoëga. Il est capable d'être un sacré salaud.

Elle se tut.

– Tous les hommes sont des salauds, ajouta-t-elle comme si elle pensait à haute voix. Des sacrés machos.

Elle me regarda en souriant.

Je sirotais mon champagne. Elle n'avait jamais auparavant manifesté une telle colère et je me demandai quelle en était la cause.

– Pourquoi est-ce qu'il te frappe ? demandai-je.

Elle ne me répondit pas tout de suite. Peut-être qu'elle refléchissait à la meilleure façon de répondre. Peut-être que je n'aurais pas dû poser cette question.

– Pourquoi est-ce que tu ne le quittes pas, tout simplement ? ajoutai-je brisant le silence qui avait accueilli ma question.

– Non mais tu vis dans quel rêve ? demanda-t-elle en me regardant d'un air de profonde commisération à cause de ma puérilité. Tout est toujours aussi simple dans ton esprit ?

– C'est ce qu'il te semble ? dis-je.

– Non, dit-elle. Bien sûr que non. Tu ne pourrais jamais penser comme ça. Ces derniers temps, ça a empiré, dit-elle ensuite. D'abord, ce n'était qu'un jeu, tu comprends, au lit. Il aime les choses un peu brutales.

– Brutales ?

– Je le lui ai permis. Permis d'aller de plus en plus loin. Mais maintenant ce n'est plus du tout drôle, si tant est que ça l'ait jamais été. Il va trop loin. Tu comprends ?

– Non, fis-je.

– Maintenant, ce n'est plus seulement au lit, dit-elle en me regardant de ses yeux marron et profonds.

Nous nous tûmes. J'essayais de la comprendre. De comprendre pourquoi une femme comme elle restait avec cet homme. Elle semblait lire dans mes pensées. Elle me regarda et je devais avoir pris un air niais car elle se mit à rire.

– Ne t'inquiète pas, dit-elle. Il m'aime. Je le sais. Et il ne me ferait jamais rien. Ne crois pas ça ! J'assure.

– Comment tu sais ça ?

– Que j'assure ?

– Non : qu'il t'aime.

Elle remplit à nouveau les coupes de champagne.

– Tu sais comment il est, dit-elle. Il ne pense à rien d'autre qu'à gagner de l'argent. Il ne pense à rien d'autre qu'à l'argent. C'est sa seule vraie passion. Amasser de l'argent. Je sais qu'il m'aime parce qu'une grande partie de ses milliards (je sais qu'il en a plus de trois) me reviendra s'il meurt avant moi. Il a assuré mon avenir et ça, chez un homme comme Tozzi, ça ne veut dire qu'une seule chose : qu'il m'aime, et je le sais.

– Vous êtes mariés ?

– Non.

– Est-ce qu'il a fait, disons, un testament ?

– Oui.

Peut-être était-ce impertinent de poser de telles questions. En réalité, je ne savais quasiment rien d'elle à ce moment-là, mais il y avait chez elle une telle absence de retenue et de timidité qu'il me semblait pouvoir tout lui dire, absolument tout ce que je voulais.

– C'est pour ça que tu restes avec lui ? Pour l'argent ?

Elle se mit à siroter son champagne.

– Qu'est-ce que tu ferais pour de l'argent ? demanda-t-elle sans répondre à la question. Qu'est-ce que tu ferais si tu arrivais à gagner plus d'argent que tu ne pourrais jamais en dépenser de toute ta vie, quoi que tu fasses ? Tu n'aurais plus jamais besoin de travailler. Tu n'aurais plus jamais besoin de quoi que ce soit pour vivre et tu ferais tout ce qui te fait envie, quelle que soit ton envie. Tu serais libre. Aussi libre qu'on peut l'être.

– Je ne sais pas, dis-je. Je me suis parfois demandé comment c'est quand on a plus d'argent qu'on ne peut en dépenser dans toute une vie. Je me suis demandé si la vie ne serait pas qu'un rêve. Je n'ai jamais eu d'argent. J'en ai toujours manqué, mais je n'ai jamais su l'utiliser convenablement. Je ne trouve pas ça...

Je vis qu'elle ne m'écoutait pas. Elle prit une cigarette d'un paquet qui était sur la table et l'alluma. C'était des cigarettes de la marque Hellas. Elle se les faisait expédier en boîtes en fer-blanc qu'elle me montra. Il y avait quarante paquets dans chaque boîte. Vu comme elle fumait, je pouvais imaginer que c'était peut-être sa ration pour un mois.

– Bien sûr que je ne reste pas avec lui seulement pour l'argent, dit-elle en riant. Mais sa voix sonnait faux. Elle pensait à autre chose. Sa voix était lointaine et ses yeux rêveurs. Il y a tellement d'autres choses que l'argent...

Elle se tut.

– Est-ce qu'il sait comment tu… Je cherchais le mot juste jusqu'à ce que je le trouve enfin : … comment tu fonctionnes, comment tu es ? demandai-je. Enfin, je veux dire…

– Comment je fonctionne ? dit-elle en attendant une explication.

– Oui, comment tu fonctionnes.

– Non, dit-elle en partant d'un rire enroué. Il n'en a jamais eu la moindre idée et il ne faut pas qu'il le découvre.

Je sirotai mon champagne et je me souviens avoir pensé que jamais je n'avais rencontré une femme comme Betty. Elle avait un je ne sais quoi de sans retenue et d'immoral, et malgré ça de merveilleusement innocent.

– Tu ne peux pas le laisser te frapper, dis-je.

– Ce n'est rien de sérieux, dit-elle. J'assure.

– En mettant du maquillage sur ton ecchymose ?

Elle se tut.

– Il doit avoir au moins vingt ans de plus que toi, dis-je.

– Vingt-trois, précisa-t-elle.

Elle se blottit contre moi et murmura :

– C'est pour ça que c'est si bon d'être avec toi.

Je ne bougeai pas et elle s'approcha en mettant la main sur mon genou.

– Et s'il le découvre ? dis-je.

– Il ne le découvrira pas.

– Pourquoi est-ce que tu dis ça ?

– On se débrouillera, dit-elle. Tu te fais trop de souci. Se faire trop de souci, ça donne des rides. Ne te fais pas de souci.

Elle s'approcha et, avant de m'en apercevoir, je l'embrassai tendrement sur les lèvres. Je l'embrassai sur le menton et dans le cou, je découvris un sein en écartant sa robe et lui embrassai le mamelon. Je baissai les bretelles de ses frêles épaules et lui embrassai les deux seins. Je fis glisser la robe plus bas et je l'embrassai sur le ventre, sur le nombril et sur la fine bande blanche du bikini. Elle se souleva et je retirai la robe sous elle et la laissai retomber à ses pieds. Ensuite, j'embrassai les petits poils de sa toison et je sentis en même temps ses doigts.

9

Je ne connaissais personne à la soirée de Tómas Ottósson Zoëga, à Akureyri, à part eux. Je veux dire que je ne connaissais aucun invité personnellement. Je reconnus deux ministres, une star de la télévision qui m'énervait toujours, quelques députés et deux ou trois PDG dont on parlait parfois aux informations. Il y avait aussi là des collaborateurs de l'entreprise, certains qui étaient avec Tómas Ottósson depuis le début, longtemps avant qu'il ne bâtisse son empire dans l'industrie de la pêche. Léo se tenait à la porte lors de mon arrivée et me salua respectueusement. Tozzi était ravi et Bettý, souriante et enjouée, déambulait parmi les invités. Elle paraissait tous les connaître et tous avaient plaisir à être en sa présence.

J'avais emménagé dans le grand pavillon mitoyen d'Akureyri. Il était bourré de meubles si bien que je n'eus pas à déménager et que je me contentai d'y apporter quelques vêtements, des livres et quelques objets personnels afin de m'y sentir chez moi. La maison était évidemment beaucoup trop grande pour moi, mais je m'y plaisais bien. C'était on ne peut plus différent du petit appartement que j'avais à Reykjavík où on pouvait à peine mettre un pied devant l'autre à cause du fourbi que j'y avais accumulé avec le temps,

surtout pendant mes études tant à Reykjavík qu'aux
États-Unis. Le pavillon était haut de plafond, spacieux,
et il n'y avait pas le fourbi qui m'aurait rappelé mon
ancienne vie.

C'est ça. Mon ancienne vie. J'avais quelque part
l'impression de commencer une nouvelle vie. Je n'avais
jamais travaillé pour un client aussi important auparavant et je savais que si je donnais un sérieux coup de
collier, ça pouvait être très lucratif. Je pourrais rem-
bourser mes emprunts et acheter un appartement plus
grand, et même une voiture convenable.

Et ensuite il y avait Bettý.

Avant Bettý, je n'avais jamais eu autant de plaisir
à faire l'amour. Je me rendais compte peu à peu que
je l'aimais. Je lui avais dit que ça avait été le coup
de foudre quand je l'avais vue entrer dans la salle de
cinéma où je faisais mon exposé et qu'elle était mon-
tée ensuite sur le podium pour me parler.

Dans le lit de l'hôtel *Saga* ce fameux soir qui fut
notre premier soir ensemble, elle me prit la main et
me dit que jamais elle ne s'était sentie aussi bien, que
je l'avais rendue heureuse. J'eus le sentiment que cela
ne lui arrivait pas souvent, d'être heureuse. Je lui dis
mes impressions lorsque je l'avais vue la première
fois ; elle se mit à rire et dit qu'elle avait vu à mon
air que je ne ferais pas de difficultés.

— Ça se voyait tellement ? dis-je.

— Peut-être que c'est ton air honnête, dit-elle. Je
voudrais être comme ça. Je voudrais être honnête.

— Tu ne l'es pas ?

— Est-ce que nous ne sommes pas au lit ici, ensemble,
pendant que mon mari est à Akureyri ?

— Alors, moi non plus je ne suis pas tellement honnête, dis-je.

– Peut-être que nous nous ressemblons plus que tu ne penses, rétorqua-t-elle.

– Peut-être, fis-je.

Et c'était peut-être le cas. Je ne sais pas. Je sais seulement que je me sentais bien lorsque nous nous enlacions dans le lit au début de cette étrange et périlleuse liaison.

Elle était en train de discuter avec un ministre et sa femme à cette soirée et elle devait avoir dit quelque chose de drôle car le ministre se tordit de rire et sa femme mit la main devant sa bouche comme pour signifier que la plaisanterie était tout à fait limite.

– Tu ne trouves pas ça horriblement ennuyeux ? me dit-elle lorsqu'elle eut navigué à travers le groupe des invités pour finalement s'arrêter près de moi.

– Si, terriblement, dis-je en me tenant là, à l'écart, à côté d'un grand buffet, comme si j'étais un objet qui n'a rien à faire là. Personne ne me connaissait ici et je ne connaissais personne et, en fait, je n'ai jamais été fan des cocktails mondains. Discuter poliment de choses insignifiantes n'a jamais été mon fort. Léo s'arrêta un instant près de moi et me demanda si ça allait. Une star de télévision s'enquit de savoir où se trouvaient les toilettes. Je lui dis que je pensais qu'il y en avait quatre et que je ne savais pas du tout où elles étaient.

– Tu seras chez toi ce soir ? demanda Bettý.

– Je ne rentre à Reykjavík qu'après le week-end, dis-je.

– C'est peut-être un petit peu plus difficile ici, à Akureyri, dit-elle. Il n'y a pas grand-monde et des espions. Les gens sont toujours à leur fenêtre, ici.

Elle alluma une cigarette et en avala toute la fumée.

– Je n'arrive pas à imaginer que quelqu'un puisse

soupçonner quoi que ce soit, murmurai-je et je la vis sourire.

Elle me rendit visite dans la soirée et cette fois il n'y eut pas de conversation, aucune hésitation, uniquement le feu de la passion, des heures durant.

– Qu'est-ce que tu faisais dans l'entreprise ? demanda Albert en arrangeant son nœud de cravate. Quel était ton secteur d'activité ?

Il me regardait et avait l'air de se concentrer. Baldur était assis à côté de lui et n'avait pas encore sorti son mouchoir. Ils se tenaient très droits sur leurs chaises. Le magnétophone était en marche. Personne ne fumait. Personne ne disait rien qui ne soit strictement en accord avec une salle d'interrogatoire. Ils étaient très officiels. Très sérieux. Je jetai un coup d'œil à la glace et compris que derrière il y avait une ou plusieurs personnes qu'ils craignaient.

Je détournai les yeux de la glace et commençai à leur expliquer tout ça. Ça n'avait absolument rien à voir avec ce qui s'était passé, mais s'ils estimaient qu'ils en retireraient des informations importantes, je ne voyais pas pourquoi les en priver. Je leur parlai de ma spécialité, à savoir les contrats internationaux. Je leur parlai de mon sujet de doctorat : « Les pêcheries islandaises et l'Union européenne. » Je leurs dis que Tómas Ottósson Zoëga avait eu besoin d'un conseiller juridique pour acheter des compagnies maritimes en Grande-Bretagne et en Allemagne, et que j'avais collaboré étroitement avec lui lorsqu'il s'était intéressé à ces tractations. J'avais aussi participé aux négociations avec de grandes chaînes de commercialisation du poisson. On voyait que cela ne les passionnait pas vraiment. Baldur lançait des regards à la dérobée en direction de la glace et, lorsqu'il me regarda à nouveau, je le vis réprimer un bâillement.

Je leur dis que j'avais eu un bureau dans chacun des principaux sites, tant à Akureyri qu'à Reykjavík, et que j'avais beaucoup voyagé à l'étranger avec Tómas.

– Et sa femme faisait partie des voyages ? demanda Albert que, visiblement, le côté commercial commençait à ennuyer.

– Parfois, dis-je. Les voyages étaient nombreux. Je me rappelle certains où elle était avec Tómas.

– Et où… ?

– Qui est là, derrière la glace ? demandai-je en troublant le bon ordre de l'interrogatoire. Je regardai la glace. Qui se cache derrière la glace ?

Ils me regardèrent.

– Personne, dit Baldur. Quel était ton rôle dans ces voyages à l'étranger ?

– C'est sûr, dis-je. C'est sûr qu'il y a quelqu'un là-bas derrière, sinon vous ne seriez pas aussi stressés.

Je ne sais pas depuis combien de temps je suis en détention provisoire et je ne suis pas spécialiste pour savoir quels sont les effets d'une détention de longue durée sur un prisonnier. J'étais vraisemblablement là depuis deux semaines et je commençais à avoir l'impression que j'y resterais jusqu'à la fin de mes jours. Ma détention était censée durer cinq semaines, mais je savais qu'ils pouvaient la prolonger à leur guise. Dans le pire des cas, il y en avait qui étaient restés plus d'un an en détention. J'imagine que la détention provisoire, considérée du point de vue de la police, est un avantage. Tôt ou tard, les gens finissent par dire n'importe quoi pour s'en débarrasser et rentrer chez eux ou aller dans une autre prison ou n'importe où ailleurs. Je n'avais rien avoué, mais je commençais à avoir envie d'avouer quelque chose.

— On peut continuer ? dit Albert.

— Pas avant que vous me disiez qui est derrière la vitre, dis-je. Je ne veux pas qu'on m'espionne.

— Il n'y a personne derrière la vitre, dit Baldur sérieusement.

— Alors pourquoi vous transpirez comme ça ?

On ne m'avait pas passé les menottes. D'abord, ils me les avaient mises en quittant la cellule pour aller à la salle d'interrogatoire, mais ils avaient cessé depuis longtemps de me les mettre, probablement parce que je n'avais jamais fait de scène.

Ils regardèrent tous deux la glace. Je me levai. Albert me regarda et se dressa d'un bond.

— Assieds-toi ! ordonna-t-il.

Baldur se leva aussi.

— Assois-toi, dit-il calmement.

Je fixai des yeux la glace dans laquelle je ne voyais rien d'autre que notre reflet dans cette petite pièce étroite qui sentait le tabac froid, au sol usé recouvert de dalles plastifiées et aux murs qui semblaient ne jamais avoir été repeints.

— Qui es-tu ? criai-je en direction de la glace.

Albert voulut m'agripper, mais je fis un bond en direction de la glace et, les poings serrés, je la frappai de toutes mes forces. Je la heurtai du front en hurlant.

— Qui tu es, ordure ?

Je les sentis m'agripper et ils avaient dû me faire une prise car, d'un seul coup, je me retrouvai à plat ventre sur le sol, incapable de respirer. J'ai cru qu'ils allaient me casser le bras. J'ai senti les menottes m'emprisonner les poignets. J'ai hurlé tout le temps. Y compris quand ils me traînèrent dans le couloir pour me ramener à ma cellule et longtemps après qu'ils eurent claqué la porte derrière moi.

J'étais par terre et j'ai pleuré sans discontinuer. Comment cela a-t-il pu arriver ? Comment ài-je pu laisser cela arriver ? Pourquoi moi ? Qu'est-ce que je devais faire ?

Et Bettý. Le parfum de Bettý.

Tout cet irrépressible désir que j'avais d'elle.

Comment cela avait-il pu se produire ?

Comment ai-je pu laisser cela se produire ?

10

Notre liaison ne ressemblait à rien de ce que j'avais vécu auparavant. Non que j'aie une grande expérience en la matière. J'avais bien eu quelques petites amies, notamment une que j'avais rencontrée pendant mes études aux États-Unis, mais notre liaison avait été très brève. Je n'avais pas trouvé de compagne et je n'étais pas particulièrement à l'affût. J'avais bien le temps d'y penser. Avec Bettý, tout avait changé.

Nous tenions notre liaison soigneusement cachée. Moi, ça m'était égal que le monde entier soit au courant, mais Bettý, elle, voulait garder la plus grande discrétion. Il ne fallait pas que Tómas Ottósson Zoëga la découvre. Il ne fallait pas qu'il se doute de ce qui se passait. Nous ne nous rencontrions plus à l'hôtel. Ça avait été juste la première nuit. Elle venait chez moi quand nous avions la certitude que Tómas était occupé à Akureyri et nous utilisions le pavillon lorsque Tómas était en voyage d'affaires à Reykjavík ou à l'étranger. Souvent, il voulait que Bettý vienne avec lui quand il allait à l'étranger et parfois, quand les affaires l'exigeaient, j'étais aussi du voyage. Alors, Bettý et moi nous nous amusions à garder nos distances et à faire comme si nous ne nous connaissions pas. Parfois, elle se faufilait jusqu'à ma chambre et nous nous aimions au nez et à la barbe de Tómas Ottósson Zoëga.

Elle était extrême dans ses besoins amoureux et m'apprit à l'être aussi. Notre sexualité était paradisiaque et j'appris des choses dont j'ignorais jusqu'à l'existence, des choses qui suscitaient en moi une volupté et une satisfaction que je n'avais jamais connues auparavant. Parfois, elle voulait que nous regardions des films pornos pendant que nous faisions l'amour. Parfois, elle voulait essayer des pratiques sexuelles qui m'étaient totalement inconnues. Avec le temps, j'avais fini par ne plus dire non à rien. J'étais totalement sous sa coupe.

Au début, j'avais un peu hésité parce qu'en fait tout ça était nouveau pour moi. Je ne voulais pas brûler les étapes, d'autant que je n'avais pas une grande expérience en matière de sexualité. J'avais en moi un sens inné de la pudeur dont je sais qu'il a peut-être joué un rôle inhibiteur dans mes relations normales avec les femmes et qu'il a été en plus un obstacle pour tout le reste. Bettý, par contre, n'avait même jamais entendu parler du mot « pudeur ». Elle n'avait aucune honte. Elle semblait plutôt vouloir explorer avec précision à la fois moi-même et elle-même, et puis aussi nous deux ensemble, et aucune parcelle de mon corps n'avait plus de secret pour ses longs doigts explorateurs et son insatiable langue.

Le comportement de Betty, si différent du mien, me fascinait. Elle était ouverte, sans détour, drôle, et elle profitait de la vie comme si chaque jour était le dernier. Moi, au contraire, j'avais un caractère beaucoup plus renfermé ou plus discret. J'ignorais encore qui j'étais et où j'en étais. C'était là des questions qui me tracassaient depuis un bon bout de temps. Betty, elle, n'avait pas de doutes. Elle vivait dans l'instant présent. Le passé était derrière et n'avait aucune importance pour elle. L'avenir était un univers excitant en attente d'exploration et de conquête.

C'était à la fois effrayant et affriolant de savoir que Tómas Ottósson était tout à côté. Bettý trompait son mari avec moi et cela amplifiait son plaisir. Le risque qu'on nous découvre était toujours là et on aurait dit qu'elle en jouissait. Ça me fascinait moi aussi. Tómas Ottósson Zoëga n'avait aucune importance pour moi. Je me fichais éperdument qu'il découvre tout. Je poussais Bettý à le quitter, mais elle ne voulait pas en entendre parler. Je savais pourquoi. Je savais que ce que je pouvais lui offrir n'était rien comparé à son argent à lui.

C'était ma maîtresse et avec le temps elle devint aussi ma meilleure amie. Elle semblait mieux me comprendre que n'importe laquelle de mes connaissances. Elle m'aida à surmonter mes doutes et mes craintes, et me fit comprendre que ce qui est important, ce n'est pas qui on est, mais seulement comment on est.

La richesse me plaisait aussi, et davantage que je n'aurais pu l'imaginer. Peut-être que c'était l'attrait de la nouveauté, car c'était étrange pour moi de dépenser de l'argent sans avoir besoin de me faire du souci pour mon compte ; il y avait toujours assez d'argent. Je pense que personne dans ma situation n'aurait pu résister. Avant, je n'avais que des prêts à échéance fixe et une bagnole qui ne me servait à rien et maintenant je remboursais tous mes prêts et je me jetais à corps perdu dans la société de consommation. D'un seul coup, plus rien n'était trop cher pour moi et les choses que je n'avais pas les moyens d'acheter avant arrivaient entre mes mains comme par enchantement. Dans mon cas, c'était comme une drogue et ça a peut-être été déterminant pour ce qui s'est passé plus tard.

Bettý m'avait ouvert ce monde. Elle m'avait apporté un univers nouveau et agréable, et peu à peu je m'apercevais que j'aurais tout fait pour elle.

Je me rappelle comme elle a ri quand j'ai commencé à lui dire qu'il fallait qu'elle quitte Tómas Ottósson.

Nous étions chez moi à Reykjavík. Elle devait aller à un dîner avec lui et était passée me voir en vitesse. Ils venaient d'emménager dans leur maison du quartier de Thingholt. Notre liaison secrète durait depuis près de six mois. Tómas Ottósson était la plupart du temps à Akureyri pour agrandir son empire. En général, j'étais deux jours par semaine avec lui là-bas et les autres jours à Reykjavík. Bettý était libre comme l'air. Le trajet en avion entre les deux villes ne durait que quarante minutes. Je ne pense pas que Tómas se soit douté de quoi que ce soit. En tout cas, il n'en laissa jamais rien paraître. Il était toujours aussi froid avec moi. Il vit très vite que je lui étais utile, mais il n'arriva jamais à s'accommoder à moi. J'étais toujours comme une pièce rapportée dans sa vie, ce qui, sous un certain angle, était vrai. J'avais parfois l'impression qu'on lui avait forcé la main pour qu'il me prenne à son service.

– Je ne comprends pas ce que tu veux dire, dit Bettý lorsque j'en fis mention en sa présence.

– J'ai parfois l'impression qu'il aurait voulu quelqu'un d'autre pour l'assister dans ces affaires, dis-je.

– Un autre partenaire, fit Bettý en écho à mes paroles. Des fois tu montes sur tes grands chevaux, avec tes airs de juriste.

– Peut-être, mais c'est l'impression que j'ai.

– Ça n'a pas de sens, dit-elle. Il est comme ça avec tous ceux qu'il doit payer. Il a l'impression de devoir sortir ça directement de sa poche. Les hommes comme Tozzi ne pensent à rien d'autre qu'à l'argent. Ils voient tout à travers le fric, et si tu peux te débrouiller pour lui en rapporter plus, c'est tout ce qu'il demande, il se fout de toi comme de sa première chemise.

– Pourquoi est-ce que tu restes avec lui ?

– De quoi tu parles ?

– Qu'est-ce que tu fous avec lui ?

– Me casse pas les pieds, dit-elle.

– Pourquoi tu le quittes pas ?

– Est-ce qu'on n'est pas… ? Elle hésita. Tu vas continuer à me casser les pieds ? Je croyais qu'on en avait fini avec ça.

Elle était assise sur mon canapé dans ses plus beaux atours à boire de la liqueur Drambuie avec des glaçons. Elle avait quitté prématurément un cocktail et se rendait à une invitation à dîner. Tómas devait la retrouver là-bas. Ils étaient continuellement invités quand ils venaient à Reykjavík. Nous n'avions pas beaucoup de temps. Je la regardai. Elle était toujours désirable. Toujours irrésistible.

– Tu pourrais, si tu voulais, dis-je. Des gens de toutes sortes se séparent. Il est beaucoup plus âgé que toi. Je ne supporte plus l'idée de vous savoir ensemble. Il ne te mérite pas.

J'aimais Bettý. Je voulais qu'elle ne soit avec personne d'autre que moi et surtout pas avec Tómas. Je la voulais tout entière pour moi. Je voulais prendre soin d'elle, être toujours avec elle. L'aimer. Je le méprisais pour avoir levé la main sur elle et je désirais vivement qu'elle le quitte. Je n'avais pas voulu en parler les premiers mois, mais l'idée s'imposait à moi au fur et à mesure que le temps passait. Peut-être était-ce de l'égoïsme de ma part. Il n'était pas question qu'elle le quitte au début de notre liaison. Ça, c'était un désir que j'avais exprimé ensuite. C'était exclusivement mon désir.

– Ne parle pas comme ça, dit-elle.

– Pourquoi pas, Bettý ? Je sais que tu n'es pas bien avec lui. C'est une brute. Il est comme toutes les autres brutes, sauf qu'il est plein aux as. Pourquoi est-ce que tu ne pourrais pas le quitter ? On pourrait vivre ensemble. Tu pourrais emménager chez moi. Ici. Je pourrais travailler davantage.

Elle se tut, promena son regard sur mon petit appartement et ensuite elle me regarda d'un air de profonde commisération. C'était la première fois que je m'énervais vraiment après elle. Nous avions parfois parlé de leurs relations et je savais très bien qu'elle n'en était pas satisfaite. Autrement, elle n'aurait pas été avec moi. Du moins, je le croyais, mais je savais que là, je me trouvais en terrain glissant. Bettý était une sensuelle. Notre liaison était très bien tant qu'elle en tirait plaisir.

– Qu'est-ce que je suis alors, moi ? demandai-je. Un petit passe-temps ? Un divertissement pour toi ?

– Ne te rabaisse pas, mon amour, dit-elle en allumant une cigarette.

– C'est l'argent dont tu ne peux pas te passer ?

– Non, dit-elle sur un ton apaisant. C'est pas si simple. Tu veux toujours tout simplifier.

Elle était pensive et elle continua.

– Très bien, disons que c'est ça. Disons que c'est pour l'argent. Qu'est-ce que tu ferais, toi ? Et puis arrête tes enfantillages. Qu'est-ce que tu ferais à ma place ? Un jour, tu pourrais éventuellement mettre un terme à cette liaison, mais est-ce que tu serais capable de te séparer de tout ce qui va avec toute cette richesse ? Est-ce que tu en serais capable ?

Avant, je l'aurais peut-être méprisée de penser ainsi mais, depuis, je savais de quoi elle parlait. Je la comprenais. Je comprenais ce qu'elle racontait sur le niveau de vie et la fortune, les richesses qui vous permettent de vivre comme des rois et de vous débarrasser de tous les soucis quand vous ne pouvez pas vous payer telle ou telle chose. Et elle était Betty. Pour moi, il n'y avait pas moyen de mépriser Betty. Au contraire. Je m'empêtrais de plus en plus dans sa toile. C'était notre lune de miel et elle m'aveuglait jusqu'à me cacher le soleil. Je l'adorais.

– Et nous ? dis-je en gesticulant. Est-ce que tu n'es pas en train de jouer avec le feu ? Qu'est-ce qui va se passer s'il découvre tout ça ? S'il découvre que tu es avec moi ?

Elle me regarda longtemps sans dire un mot.

– Tu crois qu'il sait pour nous ? demandai-je.

– Non, dit-elle, c'est exclu. Personne ne sait pour nous. Et personne ne doit savoir. Jamais. C'est compris ?

Elle se tut un instant.

– Il fait exactement la même chose, dit-elle ensuite. Et tu peux me croire, il voit bien plus grand que moi.

– Exactement la même chose ?

– Il va aussi voir ailleurs, dit Betty.

– Comment est-ce que tu le sais ?

– Il m'en parle.

– Il t'en parle ?

– Il s'en vante même. Il me rit au nez et s'en vante. Il me compare à elles.

– Hein ?

– Il est comme ça. Pour lui, tout ça n'est qu'un grand jeu, un amusement. C'est un chasseur. Il en parle à ses amis et leur raconte ses exploits. Je le sais. Léo m'en a parlé.

J'allais m'en indigner, mais elle s'en rendit compte avant. Elle me regarda et je compris que nous n'étions pas mieux. Elle me sourit.

81

– Quoi, est-ce que… il y a un accord entre vous ? demandai-je.

– Un accord ? Non, c'est pas un accord. Lui, il va son chemin. Moi, je fais ce qui me plaît.

– Sauf qu'il ne faut pas qu'il le sache ?

– Jamais, dit Bettý, qui devenait plus sérieuse. Il pourrait faire une bêtise s'il découvrait notre liaison. Il est totalement imprévisible par moments. Violent. Je l'ai vu à l'œuvre. D'ailleurs, tu as vu ses armes dans son bureau.

Elle se passa la main sur la tempe.

– Tu auras quelque chose, même si tu le quittes, dis-je. Il ne te mettrait pas à la rue en te laissant sans un sou.

– Je t'ai déjà dit d'arrêter tes enfantillages. C'est…

Elle s'arrêta.

– Quoi ?

– Je n'aurai pas un sou si je le quitte. C'est clair.

– Mais tu m'as dit qu'il avait fait un testament et veillé à ce que tu aies une part substantielle s'il décède. Est-ce que ça ne veut pas dire que ton sort ne lui est pas indifférent ?

– Il est en train de changer d'avis.

– Pourquoi ?

– Je ne sais pas. J'en ai l'impression.

– Il l'a dit ?

– Non, mais je sais qu'il a l'intention de modifier son testament. J'en ai bien l'impression.

– Je trouve que ta relation avec lui… Je trouve que… c'est vraiment dégueulasse… vraiment nul, dis-je.

– Je connais des relations bien plus nulles, dit-elle en souriant, et ensuite elle se mit à rire. Tu fais une de ces têtes, dit-elle en me riant au nez de sa voix de fumeuse, et je ne pus m'empêcher de sourire.

– Tu es cinglée, dis-je.

– Si seulement tu savais…

11

Si seulement tu savais.

Lorsque je reviens en arrière et pense à nos discussions avant que tout ça ne se mette en marche jusqu'à atteindre le point de non-retour, il y a des phrases qui restent gravées dans ma mémoire et qui ressemblent à de petites mines antichar que je fais sans arrêt exploser en marchant. Est-ce que c'est à ce moment-là que l'idée avait germé ? Est-ce que c'était vrai, ce qu'elle avait dit du testament ? Je ne sais pas si elle m'avait menti. Je n'arrivais pas à franchir le pas. Lorsqu'il fut clair qu'elle avait raconté mensonge sur mensonge, c'était trop tard.

J'ai eu suffisamment de temps pour réfléchir à ce qui s'est passé et pour me triturer les méninges avec ça. Bettý sera toujours une énigme pour moi. Je sais que je n'arriverai jamais à la comprendre parfaitement. Ma réflexion n'a jamais été aussi loin que la sienne. Je n'ai jamais vu dans quelle direction nous allions. J'avais trop confiance en elle pour ça. Je n'ai jamais vu l'image en entier, uniquement le petit point que j'étais et en fait, je n'ai jamais su avec certitude où se trouvait mon lopin de terre sur la carte de géographie de Bettý. Je ne l'ai vu que lorsqu'il était trop tard. J'avais confiance en elle.

Je lui aurais confié ma vie.

Peu après notre conversation à son sujet et celui de Tómas, la sonnette de ma porte retentit. J'avais été toute la journée au bureau à Reykjavík et je savais qu'ils étaient en ville tous les deux. Je n'attendais aucune visite, mais parfois Bettý faisait une apparition à l'improviste et c'est ce qu'elle fit ce soir-là.

Elle tenait un mouchoir devant son visage.

– C'est lui qui m'a fait ça, sanglota-t-elle en tombant dans mes bras. J'ai cru qu'il allait me tuer.

Je la pris dans mes bras et je sentis la colère monter en moi. Je fermai la porte et la conduisis dans le séjour. Nous nous assîmes sur le canapé et j'essayai de retirer le mouchoir de devant son visage, mais elle ne me le permit pas.

– Sale bête, dis-je.

– Je lui avais dit de ne pas taper sur le visage.

– Qu'est-ce qui s'est passé ?

– J'ai cru qu'il ne s'arrêterait jamais ! Sale type !

– Quitte-le, Bettý ! Pour l'amour du ciel, quitte-le !

J'avais envie d'aller trouver Tómas chez lui et de le tuer. Oui, de le tuer, tout simplement. J'étais hors de moi et je bouillais d'indignation. C'était donc ça qu'il se payait avec son argent : le visage ensanglanté de Bettý.

– Qu'est-ce qui s'est passé ?

Bettý ne répondit pas.

– Il sait pour nous ? demandai-je. C'est pour ça qu'il t'a agressée ?

– Non, dit-elle. Il ne sait rien. Il m'a cognée contre le bord du lit. Il a remis ça à plusieurs reprises. Je l'ai supplié, je pleurais…

– Il est où, maintenant ?

– À la maison, à Thingholt.

– Il sait où tu es allée ?

– Non. Il s'est endormi. Il était soûl.

84

– Qu'est-ce que c'est qu'ce cirque ? dis-je. Qu'est-ce que tu fabriques avec lui ?

– Rien, dit-elle. Je ne fais rien avec lui. Il est comme ça. Il veut que ça se passe comme ça. Ne dis pas que c'est ma faute !

– Tu lui as permis d'aller trop loin. Il faut que tu…

– Tu trouves que c'est ma faute ? s'écria-t-elle en retirant le mouchoir de son visage. La moitié de celui-ci était en sang. Elle avait une légère coupure à l'arcade sourcilière et la paupière était tuméfiée et toute noire. Elle remit le mouchoir sur la blessure. Je me levai pour aller chercher des glaçons au congélateur, je les mis dans un torchon et lui donnai le tout.

– Il faut que tu ailles faire constater ça, fis-je. Il faut aller aux urgences.

– Ça va s'arranger, dit-elle.

– Ça ne peut pas continuer comme ça, dis-je.

– Sale con !

– Il faut que tu arrêtes avec lui. Dis-lui que maintenant ça suffit. Dis-lui que tu le quittes.

– Peut-être qu'il se doute de quelque chose, dit Bettý.

– Il a dit ça ? Il a dit quelque chose ?

– Non, mais… il n'a jamais été comme ça… comme un forcené, dit-elle. Il n'a jamais été aussi loin. Il va encore dire que c'était seulement un accident. Qu'il ne l'a pas fait exprès. Que je me suis cognée contre le lit. Que je suis tombée.

– Bettý…

Je ne savais pas quoi dire. J'étais sans voix.

Nous nous tûmes.

– Quitte-le, dis-je à la fin.

– Je ne pourrais pas, même si je le voulais, dit-elle. Nous en avons déjà discuté et je sais que je t'ai ri au nez et que j'ai dit que jamais je ne le quitterai, et toi tu crois que c'est uniquement pour l'argent. Mais il y a tellement d'autres choses. Des choses intimes. Quelque chose qui est ancré en lui et dans son satané égoïsme. Je le connais. Je sais qu'il ne me permettrait jamais de le quitter. Il me l'a dit. Il m'a dit qu'il ne me lâcherait jamais. Que nous serions toujours ensemble. Il ne supporterait pas de savoir ce qui se passe entre nous deux. Il ne pourrait jamais supporter que je le quitte. Surtout s'il apprenait que c'est à cause de toi. Il faut que tu… Il ne s'en remettrait jamais.

Je fixai les yeux sur elle.

– Tu as essayé ? demandai-je. Une fois ? Est-ce que tu as essayé de le quitter ?

Elle hocha la tête.

– Sérieusement ? Pourquoi est-ce que tu ne m'en as pas parlé ? Qu'est-ce qui s'est passé ? Comment…

– J'en avais assez de lui. Il va voir ailleurs comme ça lui chante. Il y a plein de bonnes femmes dans la rue qui l'attendent prêtes à le recevoir à bras ouverts.

– Bettý…

– Il me considère comme sa propriété, dit Bettý. Et il ne lâche pas ce qu'il possède. Il me l'a dit.

– Salaud, dis-je en serrant les dents.

C'était vraiment ce que je pensais. Je n'avais jamais ressenti une telle colère auparavant. C'est seulement alors que je me suis rendu compte à quel point j'aimais Bettý et jusqu'où pouvait aller mon désir de passer ma vie avec elle. Combien je désirais l'avoir tout entière pour moi et jusqu'où pouvait aller ma jalousie envers son mari. C'est à partir de ce moment-là que je me mis à haïr Tómas Ottósson Zoëga.

C'était un sentiment que je n'avais jamais ressenti auparavant à l'égard de quiconque et que Bettý allait réchauffer et entretenir comme une fleur délicate.

Vus de l'extérieur, Bettý et Tómas avaient de bonnes relations. Il ne m'arriva qu'une seule fois de les entendre tous les deux discuter de leur vie privée. Nous étions dans un hôtel à Londres et ils pensaient sans doute qu'ils pouvaient parler islandais aussi fort qu'ils le voulaient parce que personne ne les comprendrait. Tómas tentait d'obtenir des accords avec une grande chaîne commerciale. Je lui étais d'un soutien indispensable à la fois pour l'anglais, où il était médiocre, et pour les négociations en vue d'accords, où il était vraiment sur son terrain.

Nous nous étions donné rendez-vous dans le hall de l'hôtel avant de sortir pour dîner. Ne les y voyant pas, j'allai au bar. Il se trouvait dans une grande salle somptueuse – c'était l'un des meilleurs hôtels de la ville – et le bar proprement dit se trouvait dans une rotonde au milieu de la salle. Il y avait des box séparés par des cloisons en lambris. Dans l'un d'eux, j'entendis Tómas et Bettý. Je dressai l'oreille et voulus m'asseoir auprès d'eux, mais ils se disputaient, si bien que je m'arrêtai et écoutai.

– … et je trouve que ce n'est pas correct, dit Tómas. Je trouve ça moche de ta part.

– Fiche-moi la paix !

– Je suis juste bon à t'entretenir. Je suis juste bon à t'enrichir et à te procurer tout le luxe dont tu rêves, mais je ne peux même pas coucher avec toi.

– Tómas, c'est seulement que je ne suis pas disposée.

– Ça fait un mois que tu n'es pas « disposée ».

– Tómas…

– On croirait qu'il y a quelqu'un d'autre dans ta vie, éructa Tómas.

– Mon pauvre chéri…

– Tu en serais capable.

– C'est l'homme qui refuse de m'épouser qui dit ça. Combien de temps devons-nous être ensemble avant que…

– Je commence à croire que j'ai eu raison d'attendre.

– J'avais commencé à préparer le mariage.

– Et tu n'as même pas attendu que je te fasse ma demande !

– Quand tu as décidé tout à coup que ce n'était pas le moment. Quand est-ce que ça le sera ? Quand est-ce que ce sera le bon moment ? Dis-moi !

– Hum… Qu'est-ce que vous buvez ?

Le barman venait d'arriver à côté de moi et je tressaillis. Je m'avançai jusqu'au box de Tómas et Bettý en faisant comme si je venais de les découvrir.

– Vous êtes là ? Je pensais que vous vouliez qu'on se rencontre dans le hall.

Tómas ne souffla mot et Bettý me sourit sans aménité en me tendant un verre vide.

– Un manhattan, dit-elle. J'en ai bien besoin. Tómas croit que je le trompe.

Je me figeai sur place.

– Tais-toi, dit Tómas.

– Sûrement avec toi, dit Bettý en riant. Elle essayait de le provoquer et ça marchait.

– Foutue conne, dit Tómas qui se leva et quitta le bar.

Nous ne l'avons plus vu ce soir-là et je me rappelle qu'avant de m'endormir j'ai pensé : si Tómas lui vole dans les plumes, est-ce que ce n'est pas téméraire de sa part à elle de lui parler comme ça, surtout devant des tiers ?

Je n'ai jamais interrogé Bettý là-dessus. Je ne sais pas si ça aurait changé quoi que ce soit. Elle aurait sûrement eu une réponse toute prête. Mais lors de cette conversation, j'ai compris aussi qu'elle désirait épouser Tómas bien qu'elle ne m'en eût jamais parlé. Il avait refusé. Lui qui lui cédait tout. C'était peut-être ça le début.

12

Clic-clac, clic-clac, clic-clac...

Je suis sur le lit et je pense à l'amour. Et au plaisir du sexe. Et à l'égoïsme, à la jalousie et à cette grande montagne qui crache du feu et qui s'appelle la haine. Quels sont ces sentiments et pourquoi nous gouvernent-ils avec tant de véhémence ? Qu'est-ce qui les enflamme ? Qu'est-ce qui enflamme l'amour et la haine, sentiments si différents et pourtant on ne peut plus semblables ? Qu'est-ce qui vous rend aveugle et qui vous fait vous fourvoyer jusqu'au point de non-retour ? Qu'est-ce qui vous conduit à ignorer les signaux de danger, les erreurs, à refuser de voir ou de comprendre ce qu'on ne perçoit que lorsqu'on court à sa perte ? D'où vient ce grandiose refus ? Pourquoi fait-on le choix de ne pas voir les dangers alors qu'ils sont devant notre nez ? Est-ce que c'est ça, l'amour ? Est-ce que c'est pour ça que l'amour rend aveugle ?

Ces questions se bousculent dans mon esprit pendant toutes ces longues nuits et exigent des réponses que je n'ai pas parce qu'il me faudrait m'interroger moi-même plus à fond que je ne le désire. Qui entreprendrait d'examiner sa vie au microscope ? Qui en aurait le courage ? Personne ne peut supporter d'aller au fond de soi sans s'apitoyer ou être complaisant envers soi. Celui qui dit le contraire est un menteur.

Bien que je m'efforce d'éviter cela, je n'ai rien d'autre à faire pendant toutes ces longues nuits que de lutter contre mon propre ego qui est si fragile. Que de regarder en face les choses qu'il y a en moi et qui sont tellement bien enfouies que j'en ignorais même l'existence. Je ne les connais pas et je préfère n'en rien savoir. Et pourtant je suis au lit et je pense à l'amour, à la haine et à toutes ces profondes ténèbres qui n'en finissent pas et qui me font réfléchir à ce qui s'est passé plus tard.

Clic-clac, clic-clac, clic-clac…

J'écoute la gardienne s'approcher, passer devant l'épaisse porte d'acier et s'éloigner. Je crois que le soir vient de tomber. Je n'ai plus la notion du temps. Je crois qu'ils éteignent la lumière à des heures différentes pour me désorienter. Parfois, j'ai l'impression que les interrogatoires se déroulent de nuit. Je ne sais pas, mais j'en ai l'impression. Alors, les policiers sont plus irritables. Comme s'ils préféraient de beaucoup être dans leur lit que de s'occuper de moi et de tout ce que je ne veux pas leur dire.

Je ne sais pas combien de temps je dors et ça ne m'intéresse pas. Ma montre s'est arrêtée à un moment quelconque de ma détention et, quand je leur demande quel jour on est, ils me répondent, mais je finis par ne plus les croire. Ce n'est que lorsque je vois mon avocat que j'apprends de source sûre combien de temps s'est écoulé. Parfois, j'ai l'impression d'avoir dormi des journées entières. Parfois, j'ai envie de ne rien faire. Je suis dans des états qu'on peut qualifier d'hypocondriaques. Je ne veux pas me réveiller. Je ne veux rien savoir du monde qui m'entoure. Je veux seulement rester au lit et faire comme si je n'existais pas. Comme si rien n'existait hormis les ténèbres dans lesquelles je me plonge jusqu'à ce que j'aie l'impression d'étouffer et que je refasse surface pour reprendre ma respiration.

— Et Tómas et toi ? dit Dóra dans la salle d'interrogatoire. Toi et Tómas ?

— Quoi, Tómas et moi ? demandai-je.

— Parle-nous de lui, dit-elle.

La manière dont Dóra disait les choses avait un côté terre à terre qui inspirait confiance. Elle me plaisait de plus en plus. Avec Lárus, ce n'était pas pareil. Il était là à ricaner à côté d'elle et à me regarder avec un air de profonde commisération.

— Qu'est-ce qu'il y a de drôle ? demandai-je en le regardant.

Il ne dit rien et secoua la tête. Le magnétophone était en marche. Il n'y avait personne derrière la glace. Dóra fumait. Je ne l'avais jamais vue le faire auparavant. Elle m'offrit une cigarette, mais je refusai poliment. Lárus dit qu'il avait besoin d'aller aux toilettes. Il éteignit le magnétophone et sortit. Dóra le suivit des yeux.

— Qu'est-ce qu'ils sont casse-pieds, ces hommes, dit-elle.

Pour la première fois depuis longtemps, je me mis à sourire. Nous nous regardâmes et, l'espace d'un instant, il me sembla qu'elle voulait dire quelque chose, mais elle y renonça et nous restâmes là en silence sur nos chaises, elle fuma jusqu'à ce que Lárus revienne. Il s'assit sur sa chaise à côté d'elle.

— On peut parler du jour où tu as été victime d'une agression de la part de Tómas ?

— Tómas ?

— Si nous avons bien compris, tu as été l'objet d'une

agression de sa part, dit Lárus. Que peux-tu nous dire à ce sujet ?

Je les regardai tour à tour. Personne n'était au courant de cela. Personne, sauf Bettý. Qu'est-ce qu'elle leur avait dit ? Qu'est-ce qu'elle leur avait raconté comme histoire ? Quelle image leur avait-elle donnée de moi ?

— Il ne faut pas croire tout ce qu'elle raconte, dis-je. Il ne faut pas croire tout ce que raconte Bettý.

— Ce n'est pas à toi de nous dire ce que nous avons à faire ou pas, dit Lárus.

— Qu'est-ce qui s'est passé entre vous, entre toi et Tómas ? demanda Dóra, et je sentis à ses mots qu'elle essayait d'être prudente et délicate.

— Rien, dis-je. Il ne faut pas croire tout ce que raconte Bettý.

Ils se regardèrent.

— Où est-elle ? demandai-je. Quand est-ce que vous lui avez parlé ?

Ils me regardaient en silence.

— Qu'est-ce qu'elle a dit ? Où est Bettý ?

Ils ne me répondirent pas.

— Calme-toi, dit Dóra.

— Je ne me calmerai pas, dis-je. T'as qu'à te calmer toi !

— Nous ne sommes pas obligés de te dire comment nous menons cette enquête, dit Lárus. Parle-nous plutôt du jour où tu as été victime d'une agression de la part de Tómas. Tu lui as rendu visite. Qu'est-ce qui s'est passé ?

— Rien, dis-je. Je ne vous dirai rien. Fichez-moi la paix ! Je veux retourner en cellule. Il ne faut pas croire ce que Bettý vous raconte. Il ne faut pas !

Lárus ne voulait pas arrêter. Il croyait qu'il pourrait me river mon clou avec ce que Bettý avait dit. Dóra lui prit le bras et lui fit un signe. Ils me permirent de retourner en cellule.

Je suis au lit dans le noir et j'écoute leurs pas s'éloigner.

Qui suis-je ?

Pourquoi est-ce que je ne peux pas être comme tout le monde ?

13

Je pense souvent à la façon dont tout ça a commencé.

Est-ce que c'était avant notre rencontre à Bettý et moi, ou bien après, lorsque nous avons été ensemble ? Peut-être que l'idée avait germé dans son esprit après que nous avions trompé Tómas. Peut-être pensait-elle que, puisqu'elle s'en était sortie comme ça, elle pourrait s'en sortir pour bien d'autres choses encore ?

Peut-être que c'était le soir où le vent d'hiver chantait autour de la grande salle de leur maison de Thingholt tandis que nous faisions l'amour sur les draps de soie du grand lit conjugal. Comme je l'ai déjà dit : je ne sais ni où ni quand tout cela a débuté, mais je me rappelle quand j'ai entendu cette idée pour la première fois. C'était chez Bettý, à Thingholt. Une longue nuit d'hiver dans la grande salle. Nous faisions l'amour sans la moindre hâte. Elle avait disposé des bougies dans leur chambre et leur faible lueur fantomatique dansait au plafond et sur les murs. Dehors, un fort vent du nord froid soufflait et des rafales de neige fouettaient la maison.

L'orgasme envahit tout mon corps à l'instar de millions de délicieuses petites décharges électriques et je retombai sur l'oreiller dans un état d'épuisement. Peut-être qu'alors j'ai dormi. À tout le moins, je n'ai plus eu conscience de rien jusqu'au moment où Bettý, en peignoir, s'assit sur le bord du lit pour me parler.

– Il y a une chose qu'il faut que je te dise, me dit-elle. Tozzi ne m'abandonnera jamais. Notre relation, tu comprends, notre relation à toi et moi, ne pourra jamais aller plus loin. Tu comprends ?

Je ne lui répondis pas.

– Tu le sais ?

C'était la même véhémence que j'avais découverte en elle auparavant. Elle tenait une cigarette entre les doigts et en aspirait la fumée.

– Ça ne doit pas forcément se passer comme ça, dis-je après un long silence. Je crois que tu n'aimes pas cet homme, qu'il ne t'intéresse absolument pas.

– Nous sommes ensemble depuis très longtemps, dit-elle. Tozzi a beaucoup de bons côtés. C'est seulement que…

– Qu'il te frappe, dis-je. Il t'humilie devant ses amis. Tu vas voir ailleurs. Tu le trompes. Et avec moi ! Qu'est-ce qu'il penserait de ça ? Et puis : c'est quoi cette relation qui repose sur le mensonge, la tromperie, les coups, d'énormes capitaux et rien d'autre ?

– Il ne faut pas qu'il nous découvre, dit Bettý. Jamais. Tu sais comment il est. Il ne jure que par la virilité, l'appât du gain et ses intérêts égoïstes, et… il ne supporterait jamais de savoir ce que nous faisons ici…

– Nous saurions y survivre, dis-je.

Nous nous regardâmes dans les yeux et il s'écoula un long moment avant qu'elle ne dise enfin ce qui allait tout changer. Je sais maintenant qu'elle n'en avait pas eu l'idée à cet instant, mais elle fit comme si. Elle fit comme si cela lui était venu à cause de ce que j'avais dit.

– Qu'est-ce qui se passera s'il lui arrive quelque chose ? dit-elle en tirant sur sa cigarette grecque.

– S'il lui arrive quelque chose ? répétai-je.

– Oui, s'il arrive quelque chose, dit-elle.

– Qu'est-ce que tu veux dire ?

– Je ne sais pas, dit-elle. Un accident de voiture. N'importe quoi.

Nous nous tûmes.

– Qu'est-ce qui peut lui arriver ? fis-je. De quoi est-ce que tu parles ?

– Rien, fit-elle. Laisse tomber, c'est tout.

Elle souriait.

– Laisse tomber, répéta-t-elle.

Je sais que ce n'était pas ce qu'elle pensait. Elle ne voulait pas que j'oublie. Elle avait dit cela sans réfléchir. Elle venait de donner une dimension toute nouvelle à notre relation et à partir de ce moment-là, plus rien ne fut comme avant. Nous n'avons rien dit de plus ce soir-là, ni lorsque nous nous revîmes, ni lorsqu'il nous fut possible de mieux nous détendre, comme toujours lorsque Tómas était à l'étranger. Nous n'avons plus parlé de ça pendant un mois entier. Tout était comme avant et cependant, quelque part, tout avait changé. Dans mon esprit, du moins. Ses paroles avaient eu pour effet de faire s'évanouir une certaine innocence. L'univers était devenu autre. Lorsque je revis Tómas Ottósson dans des réunions, je le regardai d'un tout autre œil. Il m'avait toujours fait un peu horreur, vu que j'entretenais une relation passionnée avec sa femme et qu'il n'était pas du genre commode. Mais, avec le temps, je cessai de le craindre. Tómas en devint d'une certaine façon plus ignoble. C'était comme s'il avait déjà perdu tout pouvoir sur moi bien que rien ne se soit passé ni ne se passerait jamais. Rien que le fait d'y penser était suffisant.

Qu'est-ce qui se passerait s'il arrivait quelque chose à Tómas ?

Une question innocente peut recéler tellement de facettes différentes.

Et alors ?

Évidemment, cela n'aurait dû être rien d'autre qu'une idée lancée comme ça au hasard. Elle n'aurait jamais dû aller plus loin. Mais Bettý avait énoncé une possibilité qui ne me sortait pas de l'esprit et qui devint avec le temps, tout absurde qu'elle paraisse désormais, l'un des choix possibles. Ça ne s'est pas fait du jour au lendemain, au contraire ça s'est déroulé sur une longue période. Ça s'est fait parce qu'à la fin nous n'avions guère d'autre choix. Ça s'est fait à cause de mon amour pour Bettý, à cause de la jalousie et de l'argent qui étaient en jeu.

Mais, en tout premier lieu, ça s'est fait à cause de Bettý. Parce qu'elle savait comment faire pour me manœuvrer.

Je sais que quand je le dis, ça sonne comme un déni et comme une tentative d'éluder ma responsabilité. Ce n'est pas facile de vivre avec ça. Mais c'est vrai. Je crois maintenant que Bettý a tout le temps su ce qu'elle était en train de faire. Elle avait tout imaginé jusque dans les moindres détails. Dans les moindres détails.

Une année s'était écoulée depuis que Bettý était entrée dans la salle de cinéma. À partir de ce moment-là, mon amour pour elle avait grandi de jour en jour jusqu'à ce qu'il faille que je la voie ou que j'entende sa voix tous les jours. Il nous fut facile de dissimuler notre relation.

Cela faisait aussi partie du plaisir. Nous jouissions du fait que personne n'était au courant. Avoir un secret en commun était une vraie jouissance.

– Tu te rappelles ce que j'ai dit à propos de Tómas ? demanda-t-elle un jour que nous avions été manger ensemble. Le garçon avait débarrassé les assiettes et nous restions là à boire un cocktail au champagne. Nous voulions rentrer chez moi plus tard.

– S'il lui arrivait quelque chose ? repris-je, car je me rappelais bien. J'avais attendu longtemps qu'elle en reparle. Comme je l'ai déjà dit, c'était une possibilité absurde, mais j'avais cependant réfléchi à ses paroles davantage qu'à tout autre chose depuis qu'elle les avait prononcées. Cela en dit bien plus long que tout sur l'emprise que Bettý avait sur moi. Mais entre elle et moi, il y avait Tómas Ottósson Zoëga. C'était aussi simple que ça. J'étais en train d'examiner avec elle les possibilités de choix que nous avions.

Je ne sais pas à quoi je pensais. Vraisemblablement uniquement à Bettý et à la manière dont je pouvais la garder. Peut-être que, j'y pense parfois maintenant après coup et c'est une maigre consolation, peut-être que j'étais en train de réfléchir pour savoir jusqu'où elle était prête à aller. Je ne savais pas non plus où j'en étais moi-même. Je ne savais pas jusqu'où j'étais capable d'aller. Réfléchir est une chose, passer à l'acte en est une autre. J'avais envie de savoir où j'en étais avec Bettý. Ce qu'elle pensait. Donc, j'ai commencé à insister, comme par jeu. C'est souvent ainsi que les choses commencent. Comme par jeu.

– Je ne pensais à rien en disant ça, dit-elle.

– Non ? fis-je. Moi, je crois que tu pensais à quelque chose. Autrement, tu ne l'aurais pas dit. Tu n'es pas comme ça. Tu n'as pas l'habitude de parler pour ne rien dire.

Elle esquissa un sourire.

– Tu crois me connaître, dit-elle.

Elle avait raison. Je croyais la connaître et pourtant je doutais que quiconque fût capable de connaître Betty. Je savais que j'avais confiance en elle. Le fait d'aller voir ailleurs était notre secret à nous deux. Personne ne savait qu'elle trompait Tómas. Que nous le trompions. Je savais qu'elle me faisait confiance. Nous étions complices. Ensemble, nous le trompions. Et il y avait cet étrange amour dont nous nous nourrissions.

– Tu continues de croire que c'est uniquement une question d'argent ? dis-je. Une question de testament ?

– Il s'agit de nous, dit-elle. De ce que nous voulons faire. Qu'est-ce que nous allons faire à l'avenir ?

– Tu sais ce que je veux, dis-je. Je veux que tu le quittes. Que tu viennes habiter chez moi. Je ne veux plus que tu sois avec lui.

– Et l'argent ?

Je ne lui répondis pas. Elle passa doucement son index sur le rebord de la coupe de champagne.

– Je pense parfois à un accident, dit-elle en regardant son doigt. Il y a des gens qui meurent dans des accidents de voiture. Il y en a d'autres qui font une chute lors d'une escalade en montagne. Ou qui sont victimes d'une balle perdue. Qui tombent dans une rivière. Qui ont un os de poulet qui se coince dans la gorge. Il y a tout le temps des gens qui meurent. Sur qui ça tombe ? C'est le hasard. Il n'y a aucune règle là-dedans. Il n'y a qu'à aider un peu le hasard.

– Non, dis-je.

– Non, quoi ?

– Non, il n'y a aucune règle, dis-je. Tu parles vraiment sérieusement ?

– Où est la différence ? demanda-t-elle. Nous

sommes en train de parler de ça. Tu trouves que ça change quelque chose qu'on soit sérieux ou pas ?

— J'ai l'impression qu'il y a une petite différence entre caresser une idée et la prendre au sérieux comme je crois comprendre que tu le fais. J'espère que j'ai tort.

— Sois tranquille, dit Betty.

Elle passa encore une fois son index sur le bord de la coupe, qui devait être fêlée parce qu'elle se cassa soudain sous son doigt et qu'elle se coupa. Il se forma une petite goutte de sang qu'elle regarda grossir ; elle l'observa quasi scientifiquement, comme si c'était un phénomène étrange, comme si la blessure ne la concernait pas. Elle leva le doigt, lècha le sang avec sa langue, puis le mit dans sa bouche. Elle me regarda et je sus alors qu'elle était sérieuse.

14

Bettý.

Je n'ai jamais aussi bien connu une femme et pourtant, aucune ne m'a été autant étrangère. Elle a été pour moi comme un livre ouvert et en même temps une énigme absolument indéchiffrable.

Mon avocat et moi avons essayé d'examiner le passé de Bettý. Je lui ai communiqué tous les renseignements que j'ai pu avoir et je lui ai indiqué des gens, le plus souvent des femmes, avec lesquels il s'est mis en rapport. Nous avons glané diverses informations sur sa jeunesse dont je ne savais rien, et nous n'avons pas trouvé grand-chose après qu'elle fut devenue majeure et eut fait la connaissance de Tómas Ottósson Zoëga.

Elle est née en 1967 et a été élevée dans un immeuble du quartier de Breidholt qui était en construction à cette époque. Ses parents étaient des gens à problèmes. La police a été appelée à maintes reprises à leur foyer pour cause de tapage nocturne ou pour s'occuper de son beau-père, un multirécidiviste. Le père de Bettý est décédé alors qu'elle était très jeune. L'Aide sociale à l'enfance s'est fréquemment mêlée des affaires de la famille, de Bettý et de ses deux frères aînés. Elle a été élevée dans un milieu où régnaient alcoolisme, drogue et absence de règles, et je crois que c'est ça qui lui a donné sa conception de la vie, à savoir que tout est permis et qu'elle ne peut faire confiance qu'à elle-même. Elle avait sûrement à son actif davantage l'expérience des difficultés de la vie que les jeunes de son âge lorsqu'elle est parvenue à l'adolescence. Elle savait se débrouiller. Elle a appris à ne compter que sur elle-même et elle savait qu'il ne dépendait que d'elle de s'en sortir dans la vie. Elle avait eu affaire à la police pour divers délits, vols et trafic de drogue avant ses quatorze ans. Plus tard, elle avait accusé son beau-père de tentative de viol. Elle était partie de chez elle à dix-huit ans.

J'ai entendu parler d'un événement des plus étranges dans sa vie. C'était un jour où j'étais en train de me distraire avec quelques collègues de l'entreprise à Akureyri. Nous étions au restaurant à Oddeyri et quelqu'un a commencé à raconter une drôle d'histoire sur Bettý.

Aux alentours de ses vingt ans, Bettý a habité dans le Nord, à Dalvík, où elle travaillait à la conserverie de poisson. Dans toute la région nord du pays était organisé un concours de beauté. Bettý remporta le premier prix. La jeune fille qui avait été donnée favorite et était assurée de la victoire eut un accident deux jours avant le concours. Elle contesta le résultat et déclara que le garçon avec lequel Bettý vivait l'avait renversée alors qu'elle était à vélo. Elle avait relevé le numéro de la voiture, il s'agissait d'une voiture volée. Il n'y avait aucun témoin de l'événement. Bettý et son petit ami nièrent en bloc et Bettý conserva le titre de Miss Islande du Nord.

J'ai écouté cette histoire et essayé d'obtenir des détails sans manifester trop de curiosité ou d'empressement, mais l'homme n'en savait pas plus. Je n'ai jamais questionné Bettý là-dessus. Peut-être était-ce une erreur de plus de ma part dans toute cette histoire.

Quelques années après le concours de beauté, Bettý se mit à s'exhiber avec Tómas Ottósson Zoëga, grand dirigeant d'une société maritime, deux fois divorcé, âgé de plus de vingt ans qu'elle. Cela suscita l'attention de la presse à sensation qui publia des photos d'eux.

Bettý avait toujours su se débrouiller.

Tozzi aimait Bettý. Il fit un nouveau testament lorsque Bettý tomba enceinte et il mit ses biens, alors estimés à deux cents millions de couronnes, à son nom à elle. Tómas n'avait pas d'enfant et, les années passant, il désirait de plus en plus en avoir. Il voulait un héritier. Quelqu'un à qui irait sa richesse quand il serait mort. Bettý se devait de lui donner cet héritier.

Ils étaient ensemble depuis deux ans lorsqu'elle tomba enceinte et il lui témoigna sa joie en refaisant un testament. Mais Bettý fit une fausse couche au bout de deux mois de grossesse et depuis lors rien ne s'était passé. Un Tómas Zoëga junior ne semblait pas devoir venir au monde un jour et Bettý eut à le payer. Ses relations avec Tómas devinrent plus tendues. En tout cas, il n'avait pas modifié le testament, du moins pas encore, mais elle sentait que son intérêt pour elle allait en diminuant.

Elle me l'a dit plus tard. Un soir, elle se mit de but en blanc à parler des lois qui régissaient le mariage et les héritages. En Islande, le conjoint est pour ainsi dire l'héritier légal, ce qui signifie que si, par exemple, le mari vient à décéder, c'est l'épouse qui devient sa seule héritière s'ils n'ont pas d'enfants. Il n'y a pas besoin de testament, pas besoin de papiers, tellement les lois sont simples. Tout va à l'épouse. Si Tómas décédait, toute sa richesse irait à Bettý.

À condition qu'ils soient mariés.

– Pourquoi est-ce que vous ne vous êtes pas mariés ?

demandai-je en me souvenant de la conversation de l'hôtel à Londres.

– Il en était toujours question, dit Bettý. Elle haussa les épaules. Il a déjà été marié, il disait qu'il voulait être prudent. Et maintenant…

– Quoi ?

– Ça tourne au vinaigre entre nous, dit-elle. C'est l'impression que j'ai. Ça ne durera plus très longtemps.

– C'est pour ça que vous ne vous êtes pas mariés ? demandai-je. Il ne veut pas que l'entreprise te revienne ?

– J'ai vu le testament, dit Bettý. J'aurais plus qu'assez s'il devait arriver quelque chose.

C'est dans ces conditions que j'ai rencontré Bettý pour la première fois. Leur union était sur le déclin. Tómas Ottósson était à la recherche d'une nouvelle femme, quelqu'un avec qui il pourrait avoir un enfant, même si elle était plus jeune que Bettý.

Bettý avait pleuré lorsqu'elle m'avait parlé de sa fausse couche.

Plus tard, j'ai appris la vérité au sujet de ces larmes qui coulaient sur ses joues, mais c'était trop tard.

Je voyais de temps en temps un psychologue nommé par le procureur. Le psychiatre qui vient ici parler avec moi et qui me fait passer des tests est également nommé par le procureur. Ce sont deux femmes. Je sais qu'elles ne me jugent pas. Elles ont l'air très ouvertes. La psychologue a dix ans de plus que moi et est toujours tirée à quatre épingles, elle se teint les cheveux en blond et elle a un fond de teint avec lequel elle se fait une beauté avec un raffinement d'artiste. Elle a les sourcils bruns et fins, elle met du rimmel sur ses longs cils, elle a du rouge à lèvres et un maquillage presque trop voyant qui masque toute ride et toute tache indésirable. Je la comprends bien. Elle a un joli visage et essaie comme elle le peut de le conserver. La psychiatre, elle, est différente, plutôt genre souillon. Je sens parfois une mauvaise odeur émaner d'elle lorsqu'elle est assise à côté de moi dans son épais pull-over vert et ses jeans. Moche. Si je dis qu'elle a une verrue sous le menton, c'est la vérité. Et quand je la regarde, je ne peux m'empêcher de penser à Miss Tick.

Lorsque je récapitule les faits, je n'arrête pas de penser à la manière dont nos confidences sur l'oreiller, à Betty et à moi, ont pu aboutir à un meurtre prémédité. Je n'arrive pas à m'y retrouver. J'ai beau me casser la tête, je ne découvre pas non plus le moment décisif. Je ne sais pas exactement quand ça a commencé. Je ne sais pas quand l'idée s'est transformée en résolution. Peut-être que j'ai essayé de me cacher cela à moi-même dans mon for intérieur, par honte. De l'enfouir en moi comme un ulcère. Ça ne disparaîtra pas, même si je le voulais. Bien au contraire, ça ne fait que croître et embellir en me causant d'insupportables douleurs.

Parfois, je pense que ce moment décisif n'existe peut-être pas. Je crois que nous n'avons jamais dit : « Oui, nous ferons ça : nous allons tuer Tómas. » Si c'était le cas, j'ai oublié. Peut-être volontairement. En réalité, rien n'a été dit ; ou alors je ne m'en souviens pas. Rien qui change le cours du destin. Nous n'avons rien planifié. Nous ne nous sommes pas creusé la cervelle, une lueur criminelle dans les yeux à l'idée du meurtre, pour savoir quand il aurait lieu. Peut-être que ça aurait mieux valu. Alors, j'aurais vu combien c'était tordu et absurde. C'est arrivé comme ça, ça s'est fait tout seul, en quelque sorte.

Ou bien alors c'est comme ça que je vois les choses.

Je sais que je suis incapable de commettre un quelconque acte de violence. Malgré tout. Ceux qui me connaissent le savent. Je ne ferais pas de mal à une mouche. La plupart des êtres humains sont comme ça. Ou, du moins, ils veulent croire que c'est comme ça qu'on doit voir les choses. Mais, en fait, personne ne devrait se croire plus fort qu'il n'est en réalité.

Nous avons parlé de ce que nous ferions si Tómas n'était plus là. C'était presque un jeu : « Jacques a dit. » Que ferais-tu de tous les millions que tu aurais si Tómas mourait ? Nous parlions des moments que nous aurions ensemble. De la liberté. Et de notre amour pour toujours.

J'ai l'impression que c'est comme ça que ça s'est passé. Peut-être que je me faisais des illusions, je n'en sais rien. J'ai cru que nous étions sur un pied d'égalité, Bettý et moi. Avec le temps, je m'appropriais sa façon de penser sans la moindre critique. C'est ainsi qu'évoluait notre liaison. Elle décidait de tout ce que nous faisions, pensions, disions. Ce fut Bettý qui nous achemina vers l'issue fatale en attisant en moi la colère et la haine envers Tómas Ottósson. Pendant très longtemps, j'eus le sentiment de ne parler que d'une éventualité éloignée et aberrante. C'était une sorte de jeu convenu entre nous, mais qui devint de plus en plus sérieux pour en arriver au point de non-retour.

Pour moi, c'était un jeu, ce n'était pas sérieux : « Jacques a dit. » Et, bien que je sache que je porte ma part de responsabilité, j'ai aussi la certitude de ma totale innocence. Je le clame à l'interrogatoire, et je le dis et je le redis : je n'ai rien fait. Je n'ai rien fait. Évidemment, ils ne me croient pas. Je le comprends. Je n'ai rien pour prouver ce que je dis. Je n'ai que la vérité. Je n'ai rien fait. Je n'ai pas d'excuses et je n'en cherche pas. Je pense connaître les faiblesses qui m'ont fait aboutir à cette impasse. Nous avons tous ce genre de faiblesses. Ça ne sert à rien de le nier. Peut-être que certains sont plus forts que d'autres et peuvent les dominer sans jamais en pâtir. La plupart d'entre nous ont dit à un moment donné de leur vie : « Merde, si je pouvais tuer ce salaud ! » Pourtant, très peu d'entre nous passent à l'acte. En règle générale, ça se passe comme ça.

Quand je suis au lit et que je reviens en arrière, je ne parviens pas à déceler le moment où notre vie a commencé comme d'elle-même à tourner autour du meurtre de Tómas Ottósson Zoëga. Où ma vie s'est transformée en ce long cauchemar dont je voudrais tellement me réveiller.

Peut-être que c'était quand Bettý a commencé à parler de l'homme qui était tombé dans une crevasse ?

15

Tómas Ottósson Zoëga était ce qu'on peut appeler un fan de plein air. Pourtant, il n'était pas un passionné de la nature, loin de là. Il chassait, pêchait et traquait tout ce qui bouge, sauf peut-être les oiseaux qui parfois ne devaient leur vie qu'à leur rapidité. Mais le plein air faisait ses délices. L'été, il pratiquait la pêche au saumon dans les meilleures rivières du pays et il avait autour de lui un groupe d'hommes avec qui il faisait du commerce, à la fois ici et à l'étranger, ses vieux amis, des hommes politiques et d'autres vils flagorneurs. L'automne, il s'en allait dans l'est du pays pour chasser le renne et s'embusquait sur les plateaux avec ses fusils pour chasser les mâles. L'hiver, il faisait de grandes expéditions dans les glaciers et les déserts de l'intérieur du pays. Elles duraient des journées entières et alors il faisait le fou sur de puissantes motoneiges et des jeeps. Au printemps il faisait croisière sur croisière avec un de ses chalutiers ou allait à la chasse à l'étranger, en Alaska par exemple. Une fois, il était allé faire un safari au Kenya.

C'était des expéditions pour des hommes robustes et d'ordinaire, c'était toujours les mêmes qui y participaient. Les hommes buvaient, racontaient des obscénités, et il y avait de l'ambiance. Ça faisait partie du jeu. L'humour était graveleux. Lors d'une partie de pêche deux ans auparavant, l'un des invités de Tómas, un inspecteur de Reykjavík, fut réveillé de bon matin par un bêlement près de son lit. Il regarda et vit les yeux jaunes d'un mouton que ses collègues avaient attrapé près du pavillon de chasse pendant la nuit et mis dans sa chambre. Tómas Ottósson voulait avoir du mouvement autour de lui et plus il y en avait, mieux c'était.

Bettý était très rarement du voyage. Les parties de chasse et de pêche ne l'intéressaient pas et elle se tenait à distance de tout ça. Mais ils partaient parfois ensemble pour faire des randonnées plus tranquilles à la campagne. Tómas lui avait appris à tirer. Il possédait plusieurs modèles de fusils, de fusils de chasse et aussi de pistolets. Le joyau de sa collection était une arbalète française. Bettý était une élève attentive et une experte dans des choses dont je n'avais pas la moindre idée : les différentes sortes de fusils, le calibre, les chargeurs, même les pointes de flèches. Il possédait également des couteaux de chasse de toutes tailles et de tous modèles. Un jour que Tozzi était à l'étranger, elle m'avait montré la collection d'armes dans le bureau d'Akureyri et m'avait expliqué comment elles marchaient et pour quel usage elles étaient le mieux appropriées.

— Celui-là, il l'utilise pour ouvrir le ventre des rennes, dit-elle en sortant d'un tiroir un couteau d'une taille énorme.

Elle me fit voir un autre couteau, un peu plus petit, qui avait un pommeau incrusté d'argent au bout du manche.

— Celui-là, c'est son couteau préféré pour les saumons, dit-elle. Il a aussi un assommoir. C'est horriblement lourd. Pèse ça. Tómas peut arracher les yeux d'un saumon d'un seul coup. Je l'ai vu faire.

Je saisis le pommeau incrusté d'argent. Je n'avais jamais pêché le saumon. Je n'avais jamais tué d'animal. Je sentais bien le poids.

– On pourrait assommer un taureau avec, dis-je.

Bettý sourit.

– Il a des licences pour tout ça ? demandai-je.

– Non, dit Bettý. Ils passent certaines choses en fraude pour lui. Sur les chalutiers. Il est accro des armes. À la cave, chez nous, il a une collection encore plus fournie que celle-ci. Il a fait installer une pièce spécialement pour ses armes et lui seul en a la clé.

Elle me reprit le couteau et le soupesa.

– Tu as vu les informations ? demanda-t-elle.

– Les informations ? dis-je, ne sachant pas de quoi elle parlait. Quelles informations ? Sur l'entreprise ?

– L'entreprise ! s'esclaffa-t-elle. Non, les hommes qui sont portés disparus. C'était ce week-end. Tu n'as pas vu ça ?

– Les hommes qui sont portés disparus ?

Elle me regarda avec un air de commisération et me raconta l'histoire. Elle venait à peine de commencer lorsque je me rendis compte de là où elle voulait en venir. L'affaire avait fait grand bruit et encore récemment on avait parlé de ces gens qui s'étaient lancés dans une expédition en montagne. Ils étaient mal préparés et ne connaissaient pas bien les hauts plateaux. On avait appelé des secours en renfort lorsque les recherches n'avaient donné aucun résultat et on s'attendait au pire.

Trois hommes étaient partis à la chasse. Ils étaient de Reykjavík et s'étaient mis en route depuis Akureyri un samedi matin après avoir fait la bringue en ville la veille au soir. C'était fin novembre et le temps était imprévisible. La météo annonçait d'importantes précipitations, un vent violent par endroits dans le Nord et une tempête de neige exceptionnelle dans la partie nord des fjords de l'Est. Les gens de ces régions avaient été avisés de s'abstenir de sortir sans nécessité.

Les chasseurs se croyaient en sécurité, mais après la soirée de beuverie à Akureyri ils n'étaient pas particulièrement à même d'apprécier correctement la situation. Bettý m'a dit, et je ne sais pas d'où elle tenait ces renseignements, que l'un d'eux était soûl lorsqu'ils sont partis d'Akureyri et qu'ils étaient passés par Víkurskard. Un peu après midi le samedi, ils étaient arrivés au domaine où avait lieu la chasse et le temps se mit à se gâter lorsqu'ils quittèrent leur jeep pour continuer à pied avec leurs carabines. Il faisait de plus en plus noir et les tempêtes de neige démentielles prévues pour les fjords de l'Est s'étaient déportées plus à l'ouest. Avant d'avoir eu le temps de dire ouf, les trois hommes furent séparés et plongés en pleine tourmente sans plus aucun repère.

Le dimanche, quand en l'absence de nouvelles leurs familles commencèrent vraiment à s'inquiéter, on appela les secours d'Akureyri et de la région du lac Mývatn ainsi que l'hélicoptère des garde-côtes. La tempête s'était considérablement calmée et on retrouva assez vite deux d'entre eux en piteux état. Ils furent tous deux transportés à l'hôpital d'Akureyri. Le troisième homme n'a pas été retrouvé en dépit de toutes les recherches. C'était il y a trois semaines et les recherches venaient d'être récemment interrompues.

– Ils l'ont retrouvé, dit Bettý. C'était aux informations ce week-end. D'autres chasseurs qui étaient dans les parages.

– Ils ont retrouvé le troisième homme ?

– Oui, dit Bettý. Son cadavre. Enfin.

– Où ?

– Au fond d'une crevasse. Il était tombé dedans et il avait neigé par-dessus. Et puis il y a eu de fortes pluies avant le week-end et un chien des chasseurs l'a flairé. Il restait là à aboyer à côté de la crevasse. Évidemment, il était mort. Ils disent que c'est la chute qui l'a tué.

– Le malheureux, dis-je. Il ne voyait pas où il marchait.

– Ils ont eu de la chance de ne pas tous mourir, rétorqua froidement Bettý. Se lancer comme ça comme des idiots par un temps pareil.

Nous nous tûmes.

– Elle n'était pas très profonde, dit Bettý tout à coup.

– Qui ?

– La crevasse, dit Bettý. Elle n'était pas très profonde. Pas plus de deux mètres, peut-être. Ils disent que s'il avait eu un casque, il s'en serait sorti.

– Un casque ?

– Il s'est fracassé le crâne, dit Bettý. Il y a des crevasses de lave à cet endroit qui ont des arêtes coupantes et, en tombant, sa tête en a heurté une. Ensuite la neige l'a recouvert, c'est tout.

– Comment est-ce que tu sais tout ça ? demandai-je. Avec cette précision ?

– J'ai suivi les informations, dit Bettý. Tu devrais essayer toi aussi de temps en temps.

– Pourquoi est-ce que tu t'intéresses tellement à cet accident ? demandai-je avec un sourire un peu bête. Elle était tellement sérieuse que je ne savais pas comment réagir.

Bettý ne souriait pas. Elle me regardait. Ensuite, elle

a promené son regard sur la collection d'armes avant de s'asseoir et de remettre en place le couteau à saumon.

— Tu sais tout le plaisir que cet attirail de chasse et de pêche procure à Tómas, dit-elle. Toute l'année, tout le temps, et tu sais qu'il est toujours dans des jeeps et sur des motoneiges comme ces trois imbéciles.

— Oui, dis-je, sans comprendre ce qu'elle voulait dire. Tómas conduisait ses motoneiges comme un abruti. Je ne l'avais jamais vu, mais il était connu pour ça et la police l'avait parfois arrêté alors qu'il fonçait à tombeau ouvert dans Akureyri.

— Tu sais, j'étais seulement en train de réfléchir, dit Bettý.

— À quoi ? À quoi est-ce que tu réfléchissais ?

— Au fait que Tómas n'a jamais de casque, dit-elle. Jamais. Il n'en possède même pas.

— Est-ce que Tozzi n'est pas négligent en général ? dis-je. Pour tout ce qui touche à la sécurité, comme la ceinture, le casque… ?

Bettý sourit.

— Si, fit-elle. C'est l'une de ses principales qualités.

Le procureur a ordonné un test psychiatrique et les deux femmes, la psychiatre et la psychologue, y collaborent. Nous parlons de Bettý, de Tómas, de moi et de tout ce qui s'est passé. Je m'efforce d'être aussi aimable qu'une porte de prison, je suis on ne peut plus pénible et je leur fais toutes sortes de difficultés ; mais elles connaissent tout ça et ont sûrement vu des cas bien pires que le mien, alors elles sont là tout simplement à attendre. Elles disent qu'elles ont le temps. Elles travaillent selon un système bien défini et elles ne s'arrêtent que très rarement. Cependant, ça arrive.

– Quelles sont tes relations avec ta mère ? a demandé un jour la psychiatre, prête à partir et en train de ranger ses affaires dans son grand porte-documents. Elle se tenait devant moi avec sa verrue proéminente et elle me posait des questions sur maman comme si c'était un détail sans importance. Peut-être que c'était sa méthode à elle, de prendre les gens à revers, je ne sais pas. Peut-être qu'elle avait appris cette technique d'interrogatoire avec la police.

– Laisse maman en dehors de tout ça, dis-je.

Elle se tut.

– C'est un sujet sensible pour toi ? demanda-t-elle ensuite.

– C'est pas fini pour aujourd'hui ? Je croyais que tu partais. Que tu avais fini de repérer combien j'avais de cases vides.

– Tu trouves que c'est pas bien de parler de ta maman ?

– Tu trouves que c'est pas bien de parler de *ta* maman *à toi* ? fis-je en la singeant.

– Pas du tout, dit-elle. Par contre, mon père et moi nous ne nous sommes jamais entendus. Tout est beaucoup plus difficile. Ça…

Elle se tut.

– Et ton père ? demanda-t-elle.

– Ça ne m'intéresse pas de parler de ma famille, dis-je d'un ton irrité. Elle n'a rien à voir là-dedans. Absolument rien, et je ne veux pas que tu me poses des questions sur mes parents, mon frère, etc. Je ne veux pas, tu comprends ça ?

Elle hocha la tête.

– Pourquoi tu crois que nous faisons ça ? dit-elle comme ça, et je vis une lueur d'obstination dans ses yeux, cette même obstination avec laquelle elle refusait de se faire enlever la verrue de son menton moyennant une opération simple, peu coûteuse et sans douleur.

– On peut arrêter ? dis-je.

– Qu'est-ce qu'il y a ?

– Rien. Laisse-moi.

– C'est une affaire très délicate pour toi, c'est clair, dit-elle.

Je me taisais, mais elle ne désarma pas.

– Il y a quelque chose qui explique tout ça, tu ne crois pas ? dit-elle. Qui explique comment tu es. Qui explique ce que tu as fait.

– Je n'ai rien fait !

– D'accord !

– Pourquoi est-ce que tu ne te fais pas enlever cette verrue ? demandai-je.

J'avais envie de la blesser. J'avais envie de voir si j'étais capable de la blesser. J'avais envie de voir la tête qu'elle ferait. De savoir si elle relâcherait la pression ou bien si elle se mettrait en colère. Je sais qu'on ne doit pas poser ce genre de question. Jamais. Je n'aurais même pas dû voir cette verrue, j'aurais dû faire comme s'il n'y en avait pas. Je sais que je n'ai pas d'excuses, même s'il m'a fallu moisir en détention préventive plus de jours que je ne pouvais en compter avec précision et que ça commençait à me taper sur le ciboulot. Bettý, elle, lui aurait posé la question tout de suite le premier jour et n'aurait même pas essayé de s'excuser.

Mes craintes se révélèrent infondées.

– Je suis fière de ce que je suis, d'être la personne que je suis, dit la psychiatre. C'est un sentiment très agréable dont je pense que tu ne l'as jamais ressenti.

– Qu'est-ce que t'en sais, merde ?

– Peut-être qu'en essayant j'arriverai à le savoir.

– Fiche-moi la paix !

– D'accord, dit-elle. Nous pouvons en parler plus tard.

– Oui, ou bien carrément laisser tomber, dis-je.

Elle se leva.

– Excuse-moi, dis-je, je ne voulais pas…

– Tu le voulais, c'est sûr, dit-elle. Ça t'a quand même fait quelque chose parce que au fond de toi, ce n'est pas la méchanceté qui te guide, mais la bonne foi, comme la plupart d'entre nous.

Nous nous regardâmes dans les yeux.

– Personne n'a rien le droit de te dire, c'est ça ? dis-je. Tu connais ça par cœur, tu sais tout, tu as réponse à tout…

– Pourquoi crois-tu que tu moisis ici ? Pourquoi à ton avis ?

Je me tus.

– Est-ce que tu n'as pas tout le temps cherché qu'on te reconnaisse pour ce que tu es ? D'une certaine façon ? Est-ce que tu crois que c'était une question de reconnaissance ? Peut-être quelque chose en rapport avec ta maman ?

Je ne répondis pas. Je restais là sur ma chaise à me taire et je réfléchissais à ses paroles, et c'est alors que je me mis en colère. Est-ce que le fait de me reconnaître pour ce que je suis était si important ? Cette fois-ci, je me mis en colère non pas après elle, mais après la faiblesse avec laquelle j'avais toujours lutté et dont je savais qu'elle était la cause de mon emprisonnement.

– Va-t'en ! dis-je. Sors et fiche-moi la paix. Va-t'en et FICHE-MOI LA PAIX, PUTAIN ! hurlai-je.

16

Lorsqu'elle fut partie et que je me retrouvai sur le lit de ma cellule à regarder le plafond dans l'obscurité, mon esprit chercha à revenir à cette soirée qui était restée gravée dans ma mémoire et qui s'imposait de plus en plus à ma conscience. La soirée où j'avais rendu visite à Tómas alors que Bettý n'était pas à la maison. Après cela, son sort à lui me fut complètement égal.

Auparavant, Tómas et moi n'avions pas eu de réunion de travail dans leur grande maison du Nord, à Akureyri. En règle générale, nous nous rencontrions à son bureau, que ce soit dans le Sud, à Reykjavík, ou dans le Nord, à Akureyri, ou bien l'après-midi dans des restaurants si l'affaire était moins importante. Il ne m'avait jamais proposé de venir chez lui. Seule Bettý l'avait fait.

Tómas Ottósson n'était pas au courant pour Bettý et moi. Peut-être qu'il s'en était parfois fallu de peu qu'il ne nous découvre, mais ça n'était pas arrivé parce que nous avions malgré tout procédé avec toute la prudence dont nous étions capables. Mais le jour de son invitation, j'étais sur mes gardes, particulièrement quand il a commencé de but en blanc à parler de sa femme. C'était me prendre un peu au dépourvu. En fait, nous n'avions jamais parlé de quoi que ce soit de privé dans nos réunions, mais uniquement de ce qui requérait une solution juridique.

Je crois qu'il était content de moi. Je crois qu'il ne regrettait pas tous les salaires qu'il m'avait versés et qui m'avaient déjà permis d'acheter un appartement plus grand à Reykjavík et une bien meilleure voiture. Et moi, je lui témoignais ma reconnaissance en couchant avec sa femme. Est-ce que j'en avais des remords ? À la vérité, oui. Est-ce qu'à cause de ça j'arrêterais ? Jamais de la vie. Pourquoi ? Parce qu'il s'agissait de bien davantage que de sexe. Parce que Bettý et moi nous ne faisions qu'un. Je sais que Bettý m'aimait. Je le sais. Elle m'aimait. Il n'y a rien de moche à ça. Ce n'était pas un crime. C'était de l'amour. J'avais envie de lui dire. Je l'avais dit à Bettý. Elle s'était contentée de me regarder avec un air de commisération et avait secoué la tête. Je savais qu'il n'y avait pas moyen d'en parler avec son mari.

J'étais donc sur la défensive, comme toujours lorsque je voyais Tómas Ottósson. Je m'attendais toujours à ce qu'il me pose cette question : est-ce que tu couches avec Bettý ? À toutes nos réunions. Je me disais que quelqu'un devait avoir vu que nous nous embrassions. Que notre secret n'en était plus un. Je réfléchissais à ce que je devrais répondre. À ce que je pourrais répondre. Il ne me vint rien d'autre à l'esprit que de répondre oui, tout simplement. Comme je l'ai déjà dit : parfois, j'avais envie de le lui dire. De lever le voile sur notre liaison, à Bettý et à moi, et de me défaire de tous ces mensonges, ces cachotteries et ces faux-fuyants.

Lorsque j'arrivai, Tómas avait bu. Peut-être qu'il n'était pas encore soûl, mais en tout cas il l'a été très vite. Il m'a offert un verre et j'ai pris du Drambuie avec des glaçons. Il ne m'avait pas dit à quel sujet il voulait me voir. J'avais reçu un message de Bettý qui me disait d'aller le voir. J'étais à Akureyri et j'avais l'intention de revenir à Reykjavík le lendemain matin. Je croyais que c'était pour le travail, mais je m'aperçus rapidement qu'il s'agissait de tout autre chose.

Il n'était pas comme d'habitude. En général, il faisait comme si je n'existais pas, sauf quand il avait besoin de moi comme conseiller juridique. Il ne m'avait jamais demandé comment j'allais, quel genre de musique j'écoutais, où je me situais en politique, quelles étaient mes opinions sur ceci ou cela. Tous nos rapports avaient exclusivement trait au travail. C'est pourquoi il me prit au dépourvu quand tout à coup il me demanda comment ça allait.

– Bien, dis-je. Je vais bien.

– Est-ce que je te paie assez pour ce que tu fais ? dit-il.

– J'en ai l'impression, dis-je, mais évidemment c'est à toi d'en juger.

Est-ce qu'il parlait du travail ou de Bettý ? Je ne savais pas. Je n'étais pas tranquille d'être là avec lui, sans personne d'autre. Il me posait des questions dont je n'arrivais pas à me rendre compte si elles étaient sincères et loyales ou s'il y avait anguille sous roche. Se pouvait-il qu'il soit au courant de notre liaison ?

– Oui, dit-il, c'est ce que je fais.

– C'est ce que tu fais ? dis-je comme s'il venait de répondre à mes pensées.

– Oui, j'en juge par moi-même et il me semble que tu travailles convenablement, dit-il. Pour dire les choses telles qu'elles sont.

Cela me soulagea. Il ne parlait pas de Bettý et moi. Mais il y avait autre chose. Comme je l'ai déjà dit : Tozzi ne m'avait jamais fait de compliments auparavant. Il s'était comporté de façon très étrange en me prenant à son service et nos rapports avaient toujours été strictement professionnels. Je ne savais vraiment pas où il voulait en venir. Il vida son verre d'un trait.

– Tu sais où est Bettý ce soir ? demanda-t-il.

Je réfléchis.

– Elle n'est pas à Reykjavík ?

Il sourit.

– Quand nous nous sommes mis ensemble, Bettý était comme une adolescente à problèmes. Je n'avais jamais connu de femme comme elle. Il n'y a aucune limite pour elle quand elle veut quelque chose. Elle n'a aucune formation et elle travaillait chez nous, au standard, quand je l'ai rencontrée. Tu sais où elle est ce soir ?

Tozzi était plus ivre que je ne croyais. Je n'avais aucune idée de ce qu'il voulait dire.

– Non, je ne sais pas où elle est, dis-je en sirotant ma liqueur.

– Elle est au *Perlan* avec le Président, le Premier ministre, d'autres ministres du gouvernement, des hauts fonctionnaires, divers responsables politiques et économiques, le Premier ministre du Danemark et sa suite. C'est une soirée de gala. Je n'avais pas envie d'y aller.

Il me regarda en souriant.

– Tu ne trouves pas ça super ? Tu ne trouves pas ça super d'habiter dans un pays où tout ce qui compte, c'est l'argent ?

Je ne savais pas quoi dire. Tozzi vida son verre et le remplit à moitié de whisky.

– Bettý adore cette vie, dit-il en reposant la bouteille. Parce qu'elle n'est rien et qu'elle le sait. Malgré ça, elle est assise en ce moment à la même table que notre Premier ministre. Il devrait savoir comment elle est. Ce qu'elle pense de ces gens. Tous ces snobs qui se retrouvent dans ces restaurants comme des pingouins en habits de soirée et robes longues, et qui se croient plus importants que les autres.

J'avais envie de lui dire qu'il avait tort de prétendre que Bettý n'était rien. Que lui-même n'était pas grand-chose il y a quelques années. Mais je me tus. Je ne lui rappelai pas non plus les blessures qu'il lui avait parfois infligées. Peut-être que je n'aurais pas dû me taire. Peut-être que tout ça aurait pris une autre tournure.

— Qu'est-ce que tu sais de Bettý ? demanda-t-il soudain.

Je me mis tout de suite sur la défensive. Il ne m'avait jamais parlé sur ce ton avant et je ne savais pas ce qu'il voulait. J'aurais préféré prendre congé de lui et me sauver. Il était de plus en plus ivre. Mais je n'ai jamais su m'y prendre avec les gens éméchés.

— Moi ? Pas grand-chose. Je…

— Nous n'aurons pas d'enfant, dit Tómas.

Le ton de sa voix était triste. Je ne savais pas s'il voulait dire qu'ils avaient décidé de ne pas avoir d'enfant, s'ils avaient pris ensemble la décision de rester sans enfants, ou bien s'ils n'arrivaient pas à en avoir.

Après qu'il eut dit ça, il y eut un long silence jusqu'à ce que je me racle la gorge. J'avais l'intention de dire quelque chose de réconfortant.

— C'est assez courant et, bien sûr, il y a des moyens qui…

Il m'interrompit.

— Je suis arrivé à un âge, dit-il, où mon plus grand désir est d'avoir des enfants. D'avoir quelqu'un pour me succéder. Peu importe que ce soit un garçon ou une fille. Je veux que…

Il eut un rictus.

– D'ailleurs, l'entreprise n'a aucune importance. Je m'en suis rendu compte trop tard. Ce sont les enfants, l'important. C'est important d'avoir des enfants. Je m'en rends compte à présent.

Je me taisais. Je ne savais pas ce que je pouvais dire. Je ne savais pas quoi faire. Pourquoi m'avait-il fait venir ? Pour se soûler, me faire ce sermon et me dire comment il en était arrivé avec l'âge à penser que l'argent n'est pas tout dans la vie ? Lui, un homme qui bat sa femme.

Il fixa le plafond, vida encore un verre et me regarda dans les yeux.

– Je crois que Bettý me trompe, dit-il.

Intérieurement, je me mis à pousser un hurlement. Le moment de s'expliquer était arrivé. Maintenant, je savais ce que signifiait cette réunion nocturne. Tozzi avait découvert la vérité. Il savait, pour Bettý et moi. Nous n'avions pas fait assez attention. Je ne savais pas comment réagir. Il ne pouvait y avoir qu'une raison pour qu'il me dise ça. Nous n'étions pas amis. Il ne m'avait jamais rien dit auparavant sur ses affaires privées. Il voulait certainement me dire qu'il savait tout. Je m'efforçai de rester impassible. Je restai immobile en attendant que le ciel me tombe sur la tête.

Cela ne se produisit pas. Du moins, pas de la manière que j'attendais.

– C'est sûrement ça, dit-il. Je n'ai aucune preuve, mais j'en ai le sentiment depuis longtemps.

– Tu lui en as parlé ? demandai-je d'une voix hésitante.

– Non, dit Tómas. Je... Bettý et moi, c'est fini.

– C'est fini ?

Je ne savais pas ce que cela signifiait et je n'eus pas le temps d'y réfléchir.

Tómas s'approcha de moi.

– Je peux faire quelque chose pour toi ? demandai-je prudemment.

– Oui, dit-il. Tu peux faire une petite chose pour moi.

– Quoi ?

Il me toisa. Je vis sur son visage un air que je n'avais jamais vu auparavant, mais je savais très bien ce que ça signifiait. Je l'avais vu chez d'autres hommes.

– J'ai envie de coucher avec toi, dit-il. Quoi qu'il m'en coûte. J'ai envie de coucher avec toi.

Je fixai les yeux sur lui, en proie à une stupéfaction sans bornes.

– Je comprends que… dit-il en s'approchant de moi et en posant son verre. Il y a longtemps que j'en ai envie. Je ne sais pas comment te dire ça autrement que directement. Je crois que tu le veux aussi.

Je reculai.

– J'ai envie de coucher avec toi, répéta-t-il. Et je sais que tu le veux.

Je me mis à rire. Je ne sais pas pourquoi. Il était tellement pitoyable. Mais là, je me fourrais le doigt dans l'œil.

Il devint furieux, se mit à me frapper et se rua sur moi. Tozzi me viola ce soir-là, dans leur grande maison à Bettý et à lui, dans le Nord.

C'était…

Je…

Je ne peux pas parler de ça…

17

Lorsque la psychiatre vient me voir, nous nous asseyons dans la pièce dont je crois qu'elle est utilisée pour les visites à la prison. Elle ne vient pas dans ma cellule et nous n'allons pas non plus dans la salle d'interrogatoire, mais dans une petite pièce annexe où il y a des chaises à dossier violet et deux tables de cuisine. Il y a des barreaux et une toile en plastique aux fenêtres si bien qu'on ne voit rien à l'extérieur.

Si j'ai bien compris, elle est chargée d'évaluer mon degré de culpabilité. Elle a un grand porte-documents d'où elle tire des papiers et des dossiers dont j'ignore le contenu.

– J'ai envie de parler de ta mère, dit-elle. Tu es d'accord ?

– Je n'ai rien à dire sur elle, répondis-je.

– C'est sûr ?

– Elle n'a rien à voir avec ça.

– Non, pas directement peut-être, mais…

– Il n'y a pas de *mais*, dis-je.

– Tu n'aimes pas parler d'elle ?

– Elle n'a rien à voir avec ça, répétai-je. Tu veux que je continue toute la journée à te le dire ?

– J'ai parlé de reconnaissance lors de notre dernière entrevue, dit-elle.

– Qu'est-ce que tu es en train de faire ?

– Qu'est-ce que tu veux dire ?

– Quel rôle est-ce que tu joues ? Pourquoi est-ce que tu es ici ? Pourquoi est-ce que je suis en train de te parler à toi ? Je n'en ai aucune envie.

– Est-ce que tout ceci, c'est parce que je veux parler de ta mère avec toi ?

– Tout ceci ? Quoi ?

– Cette animosité, dit-elle. Tu es carrément…

– Tu crois que tu sais tout, n'est-ce pas ? l'interrompis-je.

– Je ne crois pas que ceci me concerne, dit-elle.

– Non, sans doute que jamais rien ne te concerne, pas vrai ?

– Veux-tu me laisser te parler sans m'agresser ? dit-elle. Je ne fais que mon travail.

Nous nous tûmes.

– J'ai parlé à ta mère, dit-elle ensuite.

– Je voudrais que nous arrêtions maintenant, dis-je en me levant.

– Elle m'a dit que tu lui faisais horreur.

Je fixai les yeux sur elle.

– Fiche-moi la paix, criai-je. Fiche-moi la paix !

Elle n'en démordait pas. Rien de ce que je disais n'avait d'effet sur elle.

– Ceci concerne ton besoin de reconnaissance, n'est-ce pas ? dit-elle. Est-ce que tout ceci ne vient pas du fait que ta mère ne peut pas te supporter ? Qu'elle ne peut pas supporter comme tu es ? Tu essaies tout le temps de lui plaire. La reconnaissance, c'est tout pour toi. Peu importe la personne concernée.

– Tais-toi ! m'écriai-je.

Je me dirigeai vers la porte et lui donnai des coups.

– Ta préférence sexuelle l'horripile. Elle en a horreur.

— Elle ne comprend pas, dis-je. Elle n'a jamais compris ça. C'est comme ça que je suis. Je n'y peux rien. C'est comme ça que je suis. Je n'ai jamais rien pu y faire !

— Et elle déteste ça ?

— Elle me déteste. Elle me déteste à cause de ça. T'es contente, maintenant ? Tu as eu ce que tu voulais ? Est-ce que je peux m'en aller maintenant ? Ça ne te ferait rien qu'on arrête ?

— Il n'y a rien de mal à être attiré par les gens du même sexe ou du sexe opposé, dit la psychiatre. Elle s'était levée elle aussi. On n'a pas à avoir honte de sa préférence sexuelle. Si ta mère n'aime pas ça, ce n'est pas ton affaire. Tu es comme tu es et tu n'as pas besoin de sa reconnaissance. Tu n'as besoin de reconnaissance de la part de personne.

— Fiche-moi la paix !

— Ce n'est pas toi qui lui fais horreur, mais c'est ton genre de vie. C'est différent.

La porte s'ouvrit.

— Je veux rentrer, dis-je au gardien en me sauvant du parloir.

18

Je ne me souviens plus exactement comment j'ai découvert que j'étais lesbienne. C'est arrivé tout naturellement et j'ai toujours trouvé ça tout aussi normal qu'autre chose. Mais la psychiatre avait raison. Maman n'a jamais pu digérer ça.

Elle n'a jamais pu me reconnaître telle que j'étais, elle n'a jamais pu reconnaître mon homosexualité. Papa, lui, était plus compréhensif, mais je sais que ça ne lui plaisait pas. Il me l'a dit avant de mourir. Mon frère pense que je suis un monstre. Il me l'a souvent laissé entendre avant son déménagement pour Londres et il a dit que j'avais détruit la vie de nos parents. Ça se peut, mais comme le dit la psychiatre, je ne peux pas être autrement que je suis.

Je n'ai jamais fait d'éclat ni dépassé les bornes, ni rien fait de semblable. Je ne sais pas ce que c'est. Je ne milite pas pour les homosexuels et je ne participe pas non plus à leur action publique. Je n'en vois pas l'intérêt. Je ne veux pas me mettre à l'écart des autres en disant : « Voyez, je suis comme ceci ou comme ça et voilà pourquoi je suis différente et voilà pourquoi tout le monde a besoin de savoir comment je suis parce que c'est seulement comme ça que je peux devenir libre et en libérer d'autres. » Je suis comme je suis, c'est mon affaire et ça ne regarde personne. Les rares amis que j'ai savent que je suis lesbienne, les gens de ma famille aussi, plus quelques personnes avec lesquelles j'ai fait mes études ici et aux États-Unis. Cela ne me gêne pas d'être homosexuelle, je trouve seulement que ça ne regarde personne. C'est mon affaire.

En fait, je ne me souviens pas d'avoir été différente. Les garçons ne m'intéressaient que très modérément. Je les trouvais grossiers, affreux et bornés. Je ne sais pas comment exprimer ça autrement. Aucune fibre en moi ne me faisait me sentir attirée par eux. Avec les filles, c'était une autre affaire, avec leurs jolies rondeurs, leurs tailles souples, leurs mains délicates et leurs doigts effilés. Nous, les femmes, nous sommes en quelque sorte des merveilles bien plus parfaites dans la Création. C'est pourquoi je pense que si Dieu existe, il doit être femme. Je me suis rendu compte de mon mode d'existence lorsque j'ai atteint ma maturité sexuelle et que je m'y suis complue. Ça ne m'a jamais paru anormal ou étrange. Je n'ai jamais eu de problèmes psychologiques à cause de ça et si ma famille ne m'avait pas reniée par la suite, je n'aurais jamais souffert d'être homosexuelle, j'aurais simplement accepté cet état avec joie. Je fais une seule exception dans mon passé : c'était au lycée, lorsque mes tentatives pour me trouver un petit ami se soldèrent par un lamentable échec. À l'époque, j'avais envie de savoir comment c'était et j'ai trouvé ça dégoûtant.

J'ai eu de bonnes amies. La liaison la plus longue que j'ai eue avant de rencontrer Bettý, c'était aux États-Unis avec une fille nommée Lydía. Elle faisait biologie à l'université. On s'est rencontrées dans une cafétéria sympa de l'université et on a commencé à discuter. Elle était stupéfaite quand je lui ai appris que je venais d'Islande. Elle avait entendu dire qu'il y avait là-bas des Eskimos[1] qui habitaient dans des igloos. Nous avons tout de suite su que nous étions sur la même longueur d'onde. Quand deux lesbiennes se rencontrent, elles se reconnaissent tout de suite. On est restées ensemble pendant ma dernière année aux États-Unis. Ensuite, j'ai voulu rentrer chez moi et elle ne pouvait se faire à l'idée d'aller habiter en Islande. Nous avons fait le voyage ensemble, mais elle n'a pas pu se décider à déménager.

C'est maman qui a toujours été la plus difficile. Mon frère, je m'en fiche. Nous n'avons jamais eu de bonnes relations. Je l'ai toujours trouvé embêtant, arrogant, enfant gâté, lamentable même. Je crois que c'était surtout sa faute si maman est devenue aussi odieuse avec moi. Je sais qu'il essayait d'influencer papa et de l'amener de son côté. Je ne sais pas quel avantage il y voyait, mais c'est ce qu'il a fait. La psychiatre a dit que je cherchais à être reconnue avec tellement de véhémence que j'aurais été prête à faire n'importe quoi pour l'être. Peut-être que c'est vrai. Peut-être que ça tient à maman. Je ne voulais pas la décevoir, mais c'est ce que j'ai fait et à la fin nous n'avons plus été capables d'habiter sous le même toit. Elle m'a exclue. Elle disait que je n'étais plus sa fille. Ça fait bientôt neuf ans que nous n'avons plus de liens. Rien. J'ai demandé à l'avocat si elle l'avait contacté, mais elle ne l'a pas fait. Maman et moi nous nous entendions bien autrefois. Quand je lui ai dit que j'étais homosexuelle, ça a été horrible. Je ne pouvais pas imaginer une telle déception. Je croyais la connaître et là, j'ai eu une tout autre personne en

---

1. Le mot *Eskimos* est considéré comme péjoratif par les natifs.

face de moi. Évidemment, j'imagine qu'elle peut en dire autant de moi.

– Comment peux-tu me faire ça ? s'écria-t-elle un jour que nous nous disputions et qu'il lui semblait que ma seule raison d'être homosexuelle était que je voulais l'embêter. Plus tard, elle a dit que j'étais dégoûtante de faire ce que je faisais, de vouloir faire ça avec d'autres femmes. Dégoûtant ! beugla-t-elle dans ma direction. Coucher avec des femmes !

– Ça n'a rien à voir avec le sexe, dis-je. C'est un malentendu...

– Va-t'en ! s'écria-t-elle. Va-t'en d'ici !

Papa essaya de nous réconcilier. Je sais qu'il voulait mon bien et que rien d'autre ne lui importait. Cependant, je sais qu'il n'était pas d'accord. Il me demanda si j'étais sûre, absolument sûre que j'étais comme ça et que c'était ce que je voulais.

– La question n'est pas de savoir ce que je veux, lui dis-je, mais ce que je suis. Je ne peux pas maîtriser ça, comme maman le croit. Je n'ai rien fait pour être homosexuelle, mais je n'ai pas essayé non plus d'entreprendre quoi que ce soit contre. Je suis seulement moi-même.

Papa m'a regardée et j'ai su tout de suite que tout irait bien entre nous.

– Personne ne doit essayer d'être autrement qu'il est, dit-il en souriant.

Je me suis enfuie de la maison lorsque j'ai commencé mes études universitaires. J'ai obtenu une bourse et j'ai loué une chambre tout près de l'université. Les relations avec maman se sont constamment détériorées jusqu'au jour où nous avons cessé de nous parler. Papa est tombé malade et les médecins n'ont rien pu faire pour lui. Son agonie a duré une semaine. J'ai été tout le temps auprès de lui, et maman aussi. Nous avons conclu un armistice pour pouvoir nous occuper de lui. La dernière chose qu'il a faite a été d'essayer de nous réconcilier. Après sa mort, les choses ont repris leur cours.

N'importe comment, tout le monde savait au département d'études juridiques que j'étais homosexuelle. Je sais que les garçons trouvaient ça excitant. Je le sais parce qu'ils me l'ont dit et que certains ont même tenté leur chance avec moi de cette manière grossière, ennuyeuse et scabreuse qui n'appartient qu'à ceux qui croient qu'être lesbienne, c'est la même chose que d'être une reine du porno. Certaines filles me traitaient avec circonspection. Tout le monde s'efforçait d'être ouvert. J'étais la seule lesbienne de mon année, mais je savais qu'il y en avait quelques autres à l'université car nous formions notre petit groupe. Avec l'une d'entre elles, Katrín, nous avons été colocataires pendant un certain temps. Ça allait super bien au début et ensuite il s'est trouvé qu'on était trop différentes. C'était une militante fanatique des droits des homosexuels et elle ameutait les gens à droite et à gauche, elle passait à la télé et dans tous les médias en général en faisant des déclarations à propos de tout, et elle était dans le comité directeur de la fédération. Je l'ai laissée quand son activisme a commencé à se manifester envers moi par toutes sortes d'insinuations malveillantes, comme quoi en réalité je ne participais pas à la « lutte » parce que je n'étais qu'une « tiédasse ». Peu après, j'ai décidé d'aller aux États-Unis.

Bettý a été le premier grand amour de ma vie. En fait, je venais à peine de rentrer chez moi, en Islande, pour m'installer quand j'ai fait sa connaissance. Peut-être que j'étais encore meurtrie par ma séparation d'avec

137

Lydía. Je ne sais pas. Je sais seulement que Bettý m'a tout de suite fait de l'effet et que je désirais mieux la connaître, être avec elle et à la fin coucher avec elle. Elle y a mis du sien. Par sa manière de s'habiller. Par ce qu'elle disait ou par sa manière de le dire. Par sa manière de m'embrasser dans leur maison à Tómas et à elle, à Thingholt. Elle a tenté sa chance avec moi dès l'instant où nous nous sommes rencontrées pour la première fois parce qu'elle voulait m'avoir, parce qu'elle voulait m'attraper, parce qu'elle me voulait pour elle. Elle avait un plan. Je ne le savais pas à ce moment-là, mais maintenant je le sais.

Et je me suis soumise.

À quoi est-ce que je pensais ? Bettý était l'épouse de Tómas, mais elle était aussi la femme que j'aimais. Est-ce que je croyais vraiment que Bettý et moi nous pourrions vivre heureuses jusqu'à la fin de nos jours ? Est-ce que j'étais aussi puérile que ça ? Est-ce que j'étais aussi aveugle que ça ? Est-ce que je croyais sérieusement qu'elle le quitterait pour vivre avec moi ?

Ces questions m'assaillent lorsque je suis couchée dans le noir. Et d'autres également, qui ne suscitent pas moins en moi désespoir et inquiétude. Est-ce qu'elle savait qui j'étais lorsqu'elle est venue vers moi dans la salle de cinéma ? Est-ce qu'elle savait que j'étais homosexuelle ? Comment pouvait-elle l'avoir appris ? Est-ce qu'elle avait enquêté à mon sujet ? Est-ce qu'elle avait longtemps cherché une victime comme moi ? Parce que je suis une victime. Dans cette histoire, je suis la victime.

Je fixe le noir.

Toutes ces questions.

Papa me manque plus que je ne saurais le dire. C'était mon meilleur ami, et je n'ai jamais rencontré un homme meilleur et plus compréhensif que lui. Pour autant que je me souvienne, il a été mon modèle dans la vie. Je me souviens de sa bienveillance, de son discernement et de sa sympathie envers les gens qui, d'une façon ou d'une autre, ont été laissés pour compte dans la vie. C'est trop lourd et je verse des larmes en pensant qu'il aurait pu voir dans quel endroit je me suis retrouvée et ce que j'ai fait. Ou pas fait. C'est en premier lieu par respect de sa mémoire que j'ai l'intention de me sortir de tout ça indemne et avec un tant soit peu de dignité. C'est son souvenir qui maintient mon moral intact dans cette horrible cellule.

Je suis enfermée seule avec toutes ces pensées insupportables et il n'y a qu'un seul grain de sable quasi invisible qui tombe dans le sablier à chaque fois, tellement lentement que je peux suivre sa trajectoire avant qu'il n'atteigne le fond.

Je suis en train de me rendre compte de ce qui s'est véritablement passé. Pas de ce que je croyais qu'il s'était passé parce que je l'avais vu de mes yeux et le savais, non : de tout ce qui s'est passé que je n'ai pas vu et dont je ne savais rien. Je suis en train de me rendre compte de tout ça et que tout n'a été qu'un jeu dans lequel c'est elle qui tirait les ficelles. Je m'en veux et je sais que je n'ai guère d'excuses. J'ai participé de mon plein gré, mais je ne l'aurais jamais fait si j'avais su les tenants et les aboutissants.

La police sait ce qui s'est passé lorsque Tómas m'a agressée. Ils m'ont interrogée là-dessus dans la salle d'interrogatoire. Cela signifie que Bettý est en train de réussir ce qu'elle avait l'intention de faire.

Personne ne savait ce que Tómas m'a fait, sauf moi, lui et Bettý.

19

Lárus et Dóra sont assis en face de moi dans la salle d'interrogatoire. Je suis arrivée à nouer un semblant de lien avec elle. Je pense qu'elle est correcte. Je pense qu'elle me croit et j'ai vraiment besoin de penser qu'un être humain croit ce que je dis. Elle me prend telle que je suis et ne se fait aucune illusion. Lárus me regarde d'un autre œil. Je le sais. Je le sens. À ses yeux, je ne suis pas seulement une criminelle, mais encore une lesbienne par-dessus le marché et je crois qu'il trouve ça dégoûtant.

Donc, c'est à elle que je m'adresse.

Ils me questionnent au sujet du viol. Ils savent que Tómas m'a agressée et a réussi à faire ce qu'il voulait. Ils connaissent certains détails et j'essaie de ne pas rougir, de faire comme si de rien n'était. C'est dur de penser qu'un homme tel que Lárus est au courant de ça. J'ai encore honte lorsque je regarde en arrière et que je repense à ce qui s'est passé. Je sais qu'il ne faut pas que j'y pense. Je sais que ce n'était pas ma faute, mais ça ne m'aide pas à effacer cette abomination.

– Pourquoi tu n'as pas porté plainte pour viol ? demanda Dóra. Pourquoi tu fais comme si de rien n'était ?

– Quel viol ? dis-je.

Ils se regardèrent.

– Nous sommes au courant de tout, dit Lárus. Ne fais pas tant d'histoires.

– Nous essayons de t'aider, dit Dóra.

– Je vous ai dit de ne pas croire tout ce que Bettý raconte.

– Pourquoi est-ce que tu crois que Bettý nous a parlé du viol ? demanda Dóra.

Nous nous regardâmes dans les yeux.

– Surtout si ce n'était pas un viol, dit-elle.

– Parce qu'elle est capable d'inventer n'importe quoi, dis-je.

– Pourquoi le ferait-elle ? demanda Lárus.

– Parce que… parce que c'est Bettý.

J'essaie de ne pas penser à ce qui s'est passé. Je veux rester impassible. Je veux refouler tout ça. Je ne veux pas leur permettre d'ouvrir cette porte. Ce salaud de Tómas. Ce salaud de Tómas Ottósson Zoëga !

Je me suis débattue, mais il était trop fort. Beaucoup plus fort que moi. Nous sommes tombés sur le sol, il s'est couché sur moi, m'a embrassée et m'a tripotée partout. J'ai essayé de le repousser, mais il était trop fort. J'avais une jupe et j'ai senti qu'il glissait sa main en dessous et déchirait ma petite culotte.

– Sara ?

J'étais de nouveau dans la salle d'interrogatoire.

– Est-ce que tu vas répondre ?

Dóra me jetait un regard inquisiteur.

– Nous pouvons arrêter pour aujourd'hui, dit-elle.

– Ça n'arrêtera jamais, dis-je.

Bettý vint chez moi un peu avant minuit le soir après que Tómas m'eut agressée. J'eus l'impression qu'elle savait qu'il s'était passé quelque chose. Je n'avais pas osé retourner à Reykjavík le matin. Je n'avais rien osé faire. Je m'étais enfermée chez moi et j'étais là, assise dans le noir en train de pleurer. Je me sentais sale. J'avais été déshonorée. Je ne savais pas quoi faire. Ma jupe était déchirée. J'avais la lèvre fendue. Est-ce qu'il fallait que je le dénonce ? J'avais pris plusieurs douches et je n'avais pas réussi à faire partir mon dégoût.

Bettý s'assit près de moi, je me blottis dans ses bras et lui racontai ce qui était arrivé. Elle me caressait les cheveux et écoutait. Je ne voyais pas son visage et ignorais à quoi elle pensait, mais je savais qu'elle était de mon côté, quoi qu'il arrive.

– Le salopard, l'entendis-je dire.

– Je voudrais le tuer, dis-je.

– Je sais, fit-elle.

– Je vais le dénoncer.

– Pour quoi faire ? dit-elle.

– Je veux qu'il aille en prison pour ce qu'il m'a fait.

– Il n'ira jamais en prison, dit-elle. Sa voix était grave et apaisante. J'étais heureuse qu'elle soit venue. J'étais heureuse de l'avoir près de moi. Elle était ma consolation, mon amie, mon amour. Je fus parcourue par un frisson de honte, de colère et d'horreur.

– Je vais le dénoncer, répétai-je. Je veux que tout le monde sache ce qu'il m'a fait, comment il est, je veux que tout le monde sache…

– Qu'est-ce que ça va t'apporter ? dit-elle. Il va peut-être descendre un peu de son piédestal, mais la plupart des gens croiront qu'il est innocent, que tu es une garce qu'il a refusé de payer pour qu'elle la ferme, une garce qui le faisait chanter : « Ce n'était pas un viol, elle voulait me soutirer de l'argent et, quand j'ai

143

refusé, elle a inventé cette histoire absurde. » Voilà ce qu'il va dire. Et en admettant que les juges ne le croient pas mais te croient toi et le condamnent pour viol, combien de temps tu penses qu'il restera en prison ? Les juges islandais se moquent de ce genre de choses. Tu le sais bien. Tout le monde le sait. Supposons que tu réussisses à faire ce que tu veux faire et que Tómas soit reconnu coupable de viol. Dans le meilleur des cas, il en prendra pour environ un an et demi, dont la moitié avec sursis, si bien qu'il ne fera que la moitié restante de la peine, soit quatre ou cinq mois. Et ça, uniquement au cas où tu réussirais à convaincre les juges de sa culpabilité.

Je savais qu'elle avait raison. Ces juges islandais !

– Je veux qu'il souffre, dis-je. Je veux qu'on le fasse souffrir... Je veux qu'il en crève...

Bettý arrêta de me caresser les cheveux.

– Il vaut mieux que tu ne parles de ça à personne, dit-elle. Il vaut mieux que nous gardions tout ça pour nous.

– Je le hais.

– Je sais, dit Bettý.

Et il en fut ainsi. Je n'ai raconté à personne ce qui s'était passé. C'était notre secret à Bettý et à moi. Nous seules étions au courant.

Jusqu'à ce que la police se mette à m'interroger au sujet de « l'agression ». Tómas était évidemment au courant, mais je pense qu'il n'en aurait jamais rien dit. Je savais très bien à quoi Bettý pensait. Tout ce qu'elle avait fait jusqu'à présent était pensé dans les moindres détails. Je n'avais encore aucune idée de la façon dont je devais me défendre et, malgré tout, j'avais la plupart du temps fait semblant de ne rien savoir. Malgré la façon dont la police était venue chez moi et malgré tout ce qui s'était passé auparavant entre Bettý et moi. Le plus souvent, j'avais refusé de m'exprimer. J'étais fatiguée, j'avais peur et j'étais plongée dans l'affliction.

– Est-ce que tu es en train de nous dire alors que Bettý ment au sujet du viol ? dit Lárus. Il n'y a pas eu de viol ?

Je le regardai.

– Non, dis-je. Il n'y a pas eu de viol. Il ne faut pas croire tout ce que Bettý vous dit.

– Tu en es sûre ? dit Dóra.

Il y avait de la compassion dans sa voix et cela me faisait du bien de l'entendre. Peut-être qu'elle comprenait ce que c'était que d'être violée et combien ensuite on avait besoin de dire que ça ne s'était jamais passé. Peut-être savait-elle ce que j'avais sur le cœur. J'en eus la nausée.

– Et ce n'est pas la raison pour laquelle tu as assassiné Tómas Ottósson Zoëga ? dit Lárus.

– Je ne sais pas de quoi tu veux parler, dis-je.

– Bon Dieu, pourquoi donc est-ce que tu penses que Bettý aurait inventé cette histoire de viol ? demanda Dóra.

– Je ne sais pas, dis-je. Vous avez fini ? Vous en avez fini pour aujourd'hui ? Je veux retourner en cellule, si ça ne vous fait rien.

– Tu iras quand on aura fini, dit Lárus.

– Très bien, dit Dóra. Tu peux y aller maintenant.

– Je trouve pas ça… commença Lárus.

– Il vaut mieux qu'on continue avec elle demain, dit Dóra d'un ton résolu. On a tout notre temps.

Je suis couchée dans le noir et je pense à Bettý. C'était juste après que Tómas m'eut agressée que nous

nous sommes sérieusement demandé s'il ne pourrait pas lui arriver une sorte d'accident. S'il ne serait pas possible de mettre en scène une sorte d'accident afin de nous débarrasser de lui.

Et ensuite il y a cette affreuse pensée qui ne me laisse pas tranquille.

Est-ce que Bettý a pu être criminelle au point de me tendre un piège dans leur maison, à elle et à Tómas, et de le conditionner pour qu'il m'agresse ? Je n'y avais pas prêté attention, mais c'est elle qui m'avait appelée ce jour-là pour me dire que Tómas voulait me voir chez eux.

Je ferme les yeux.

Du sang jaillissait de la tête de Tómas.

Peu après l'avoir vu, j'ai compris que Tómas n'avait plus que quelques minutes à vivre.

20

Je revois tout cela se produire et c'est comme un cauchemar de neige blanche.

Je n'ose pas fermer les yeux. Je fixe l'obscurité et essaie de penser à autre chose. Parfois ça marche. Mais le plus souvent non.

Je ne veux pas me souvenir de ça. Je veux enfouir ça quelque part où personne, y compris moi, ne pourra parvenir. Il y a des casiers en moi que je n'ouvre pas, sinon très rarement, et il y en a d'autres que je n'ouvre pas du tout. Je veux conserver ça dans un casier comme ça jusqu'à ce que ça s'en aille. Je préférerais pouvoir effacer ça. Non, je préférerais que ça ne se soit jamais passé.

Mais ça s'est passé.

Et ça ne s'en va pas.

Lorsque je repasse tout cela dans ma tête, ce ne sont que des menus fragments sans lien entre eux. C'est comme si j'avais fait exploser l'événement et que les éclats s'étaient dispersés dans mon esprit, me blessaient et me piquaient quand je m'y attends le moins et alors je fais la grimace, je geins ou je me cache le visage entre les mains. Parfois, je pleure lorsque les éclats me piquent et qu'ils sont assez nombreux pour me faire crier.

Je la vois se préparer à frapper.

Je me mets à hurler pour qu'elle ne le fasse pas.

Il me regarde et tombe à genoux dans la neige.

Peu après, nous nous tenions toutes les deux au bord d'une grande crevasse et nous l'avons regardé quatre mètres en contrebas. Il m'a regardée. Il avait l'air de vouloir dire quelque chose. Il remuait les lèvres et tendait le bras vers le haut, dans notre direction. Il avait la tête ensanglantée après l'agression dont il avait été victime et la neige sous lui commençait à se teinter de rouge. Il ne s'était pas rendu compte de ce qui lui arrivait. Je l'ai vu à son visage. Il ne comprenait rien à tout ça. Il faisait pitié. Peu à peu, ses yeux se fermèrent, son bras s'affaissa doucement dans la neige, et il gisait là, immobile. Il commençait à neiger et de gros flocons se déposaient sur lui...

Je regarde cet homme mort et il y a sur lui toute cette étrange clarté de neige blanche.

J'espère toujours que ce n'est qu'un cauchemar, que je me réveillerai, que j'irai à mon petit bureau dans ma bagnole qui ne démarre pas toujours et que je n'ai jamais entendu parler de Bettý et n'ai jamais vu Tómas. J'espère toujours que je me réveillerai dans la vie que je vivais avant de rencontrer Bettý. Mon souhait ne se réalise pas. J'ai l'impression de n'avoir jamais eu d'autre vie que celle avec Bettý. Je ne sais plus quelle image d'elle je dois garder. Parfois, je la hais. Parfois je la désire si fort que tout mon corps me fait mal.

La neige arrivait à point pour nous. D'épais et lourds flocons tombaient à terre et cachaient le crime. Cachaient notre parcours. Tómas était mort et nous ne nous pressions pas du tout. Nous étions sur deux motoneiges. Nous avons pris sa motoneige et de toutes nos forces, nous l'avons jetée dans le trou. C'est Bettý qui a fait

cela. Elle s'éloigna à deux cents mètres de la crevasse, mit les gaz et juste avant d'arriver au bord de
la crevasse, elle sauta de la motoneige, qui se précipita
dans la crevasse, se fracassa sur la paroi de lave dans
un affreux vacarme et disparut au fond. De la fumée
s'échappa de la crevasse. Bettý se redressa et épous-
seta la neige qu'elle avait sur elle. J'en eus la nausée.
De la bile amère m'arriva dans la gorge et je me mis à
cracher sans arrêt sur le sol recouvert de neige blanche.

Bettý essayait de me soulager.

Je vais mieux quand je regarde ce qui s'est passé
comme si c'était un rêve. Comme si c'était irréel.
Comme quelque chose qui ne s'est jamais passé. C'est
comme ça que je préfère voir les choses. Comme
quelque chose que je vois devant moi et qui ne s'est
jamais passé. Et je sais que bientôt je me réveillerai et
qu'alors je ne serai plus dans cette cellule crasseuse,
mais chez moi dans ma chambre et que je regarde-
rai sur la table de nuit la photo de papa qui me sourit comme toujours.

Il faut seulement que je me réveille.

Si seulement je pouvais me réveiller.

Bettý et moi nous regardâmes le fond de la crevasse.
La motoneige était là, auprès de Tómas, et tout indi-
quait qu'il s'agissait d'un effroyable accident. Il avait
fait cette promenade en motoneige avec sa femme et
moi, son conseil juridique, et cette tragédie était arrivée, il était tombé dans la crevasse avec sa motoneige.
Il nous avait quittées, Bettý et moi, en disant qu'il
allait essayer ce véhicule. La motoneige était neuve.
Il l'avait achetée la semaine d'avant et cette promenade avait pour but de l'essayer. Son ami de Reykjavík possédait une maison dans laquelle nous logions
ce week-end-là. Elle n'était pas dans le quartier des

résidences d'été, mais se trouvait isolée dans le désert hivernal. C'était un endroit idéal pour les promenades en motoneige l'hiver, avait dit son ami, mais il nous avait dit aussi que Tómas, Bettý et moi devions faire attention aux nombreuses crevasses qui se trouvaient loin de la maison, au nord-est.

Tómas était réputé pour sa négligence. Il était réputé pour aller à fond la caisse et n'utiliser ni ceinture de sécurité ni casque.

Je m'éloignai du bord et tombai dans la neige. Bettý vint à moi et s'agenouilla. Elle me prit par le menton et me souleva le visage jusqu'à ce que nous nous regardions dans les yeux.

— Nous avons assez parlé de le faire, dit-elle.

— Tu ne m'as pas dit que ça serait maintenant. Je…

— Quoi ?

— C'est une chose d'en parler, dis-je.

— D'accord !

— Je ne te crois pas. Tu sais ce que tu as fait ? Tu l'as tué ! Tu as tué Tómas !

— C'est nous qui l'avons tué, dit Bettý en se redressant. Ne l'oublie pas. Nous avons fait ça pour nous. Pour notre avenir.

— Notre avenir ? répétai-je dans un gémissement.

Il neigeait sans discontinuer et Bettý commençait à m'embobiner dans le tissu de mensonges qu'elle avait élaboré.

Comme il ne revenait toujours pas de sa promenade en motoneige et qu'il commençait à faire nuit, nous sommes revenues sur nos pas et nous l'avons cherché. Nous roulions sur l'autre motoneige et nous essayions de suivre ses traces, mais il y avait eu toute la journée des bourrasques de neige, il neigeait toujours et ses traces s'étaient effacées. Nous avons crié et appelé,

150

mais en vain. Ensuite, nous sommes retournées à la maison. Les téléphones portables n'avaient pas de réseau et nous avons été obligées de rebrousser chemin et de nous arrêter à la première ferme que nous avons rencontrée sur notre route. De là, nous avons téléphoné à la police et appelé les secours.

Nous avons pu attendre à la ferme. Il était minuit et nous étions dans le séjour. La maîtresse de maison faisait du café. Le couple et leurs trois enfants qui étaient déjà grands nous traitèrent avec sollicitude.

Je pleurais. Malgré tout ce que Tómas m'avait fait. Personne ne mérite de mourir comme ça.

Bettý était assise, impassible, et ne soufflait mot.

La police et les secours se retrouvèrent à la ferme cette nuit-là. Nous nous rendîmes ensemble au pavillon, qui était à l'écart parce que le propriétaire ne voulait pas être embêté par les gens. Il avait beaucoup neigé depuis le matin précédent et il se révéla difficile d'accéder à la maison bien que nous soyons en jeep et en voitures de secours. Lorsqu'on apprit que la personne portée disparue était Tómas Ottósson Zoëga, on appela davantage de secours et un hélicoptère des garde-côtes. L'entreprise prêta des hélicoptères supplémentaires pour les recherches. À la fin de la journée, le territoire autour de la maison ressemblait à un étrange champ de bataille avec des hélicoptères, des jeeps, des motoneiges, des dizaines d'hommes avec des chiens qui aboyaient et qui se dispersaient dans toutes les directions.

Bettý et moi avons pleinement participé aux recherches. Nous roulions en motoneige, marchions dans la neige avec les hommes qui patrouillaient et Bettý monta même en hélicoptère. Ils l'emmenèrent au-dessus du territoire. Notre témoignage était très important. Nous pouvions les mettre sur la voie. Nous avions vu dans quelle direction Tómas était parti et nous avons pu leur dire où nous estimions l'avoir vu pour la dernière fois, en direction de l'est. Ils nous écoutèrent et organisèrent les recherches en conséquence.

Rien de tout ça n'était vrai.

J'étais quasi effondrée nerveusement et ils s'en aperçurent. Ils me dirent d'aller m'allonger. Dans la maison, tout était sens dessus dessous. Ils avaient transformé celle-ci en quartier général. Je me cherchai une chambre libre et m'allongeai dans le lit dans un état d'abattement total. Je ne m'étais certes pas accordé de repos pendant plus d'une journée, mais cet abattement était bien plutôt la conséquence de ce que Bettý et moi avions fait. J'avais envie de le crier à qui voulait l'entendre. D'avouer tout. De me soulager de ce qui me tourmentait.

Ce n'était pas moi qui l'avais tué. Est-ce une excuse ? Je ne savais même pas que Bettý allait faire ça. J'avais toujours trouvé une certaine satisfaction à en parler et à faire ce projet, à discuter de ce que nous ferions quand tout serait derrière nous, mais ce n'est que lorsque Bettý le frappa que je compris combien sa volonté était absolue et implacable.

Je n'ai pas organisé ce meurtre avec elle. Ce dont nous avons discuté n'a jamais été aussi loin. Lorsqu'elle frappa Tómas à la tête avec le marteau, c'est comme si elle m'avait assommée moi.

Je ne sais pas combien de temps je tiendrai. Je suis complice. D'une certaine façon.

Mais je ne suis pas un assassin.

Je ne suis pas un assassin.

21

J'ai vu le sang jaillir de sa tête dans toutes les directions. J'ai hurlé après Bettý et j'ai vu Tómas tomber à genoux et s'affaisser dans la neige. J'ai eu un haut-le-cœur et j'ai vomi. Je regardai du coin de l'œil, j'ai vu Bettý baisser le marteau et Tómas étendu immobile dans la neige.

Je l'avais évité après qu'il m'avait agressée à Akureyri. Bettý savait qu'après ça je ne voudrais plus travailler avec lui. Je ne voulais plus le voir après l'horreur qui s'était abattue sur moi. Je ne voulais plus lui parler. Je ne voulais plus avoir affaire à cet individu. J'aurais vraiment voulu le traîner devant les tribunaux, mais Bettý m'en avait dissuadée. Elle avait dit que ce ne serait pas raisonnable, vu ce qu'elle avait en tête. Elle venait de prendre sa décision. Elle était venue avec des idées bien arrêtées et avait dit qu'il fallait que je fasse comme si de rien n'était si elles venaient à se réaliser.

Je sais qu'elle avait dit à Tómas que nous devrions nous réconcilier. Elle me dit à ce moment-là que maintenant ça serait l'occasion. Ils étaient partis la veille. Lorsque je suis arrivée, ils allaient en promenade de motoneige. Ils étaient prêts à partir. Tómas et moi, nous ne nous saluâmes pas. Il était dehors en train de faire vrombir sa motoneige. Il n'avait ni casque ni lunettes de protection. Bettý me dit de me dépêcher de mettre ma combinaison de ski et de m'asseoir derrière elle. Tómas avait filé avant nous.

Bettý avait dit que « Maintenant, ça serait l'occasion ». J'essaie de ne pas trop y penser. Je trouve qu'il y a quelque chose de bizarre là-dedans. Peut-être comme dans un polar. Parfois, je crois que je suis allée là-bas pour arrêter Bettý. Parfois, pour voir jusqu'où elle était prête à aller. Parfois, je trouve que je suis allée jusque là-bas pour être éventuellement témoin d'un meurtre.

Je n'ose plus m'endormir. Tómas me poursuit jusque pendant mon sommeil. À chaque fois que je me couche, il est là, dans la crevasse, et lève les yeux vers moi d'un air accusateur. Je n'arrive pas à me débarrasser de lui. Je redoute de m'endormir et de le rencontrer à nouveau et de revoir la scène : le sang, le marteau, Tómas.

Et Bettý avec une horrible tête d'assassin et des taches de sang sur le visage.

Je ne vais pas éluder ma responsabilité. Ce serait indigne et je ne le ferai pas. J'ai fait ce qu'elle m'a dit de faire et je l'ai aidée à cacher les traces. Je l'ai suivie aveuglément. J'aurais fait n'importe quoi pour elle. Je l'ai déjà dit. Elle avait sur moi un ascendant diabolique que j'ai du mal à m'expliquer, mais qui a fait que je me suis laissée aveugler. J'avais le sentiment que nous pourrions nous en tirer comme ça. J'avais le sentiment que nous pourrions faire croire à un accident et qu'ensuite nous serions libres. Bettý avait son argent. Moi, j'avais Bettý.

Avant de nous mettre en route pour suivre Tómas sur sa motoneige, Bettý m'a demandé si quelqu'un m'avait vue quitter la ville.

– Non, dis-je. Je suis partie de bonne heure. Il faisait nuit noire.

– Tu t'es arrêtée en route quelque part ?

– Non, je suis venue ici par le chemin le plus direct. Personne ne m'a vue.

– Tu as rencontré quelqu'un hier soir ?

– Non.

– Tu as appelé quelqu'un ou quelqu'un t'a appelée ?

– Non, dis-je.

Elle hocha la tête.

– Viens, dit-elle. On s'en va.

Ils n'ont pas trouvé le corps. Malgré toute cette technique, les machines, les chiens et les patrouilleurs chevronnés. Le temps se gâtait. Il n'était pas possible d'utiliser les hélicoptères. Les patrouilleurs furent obligés de rester dans leurs baraquements pendant deux jours et lorsque le temps s'améliora, le paysage était complètement transformé. Bettý et moi n'étions plus d'une grande aide et Bettý commençait à jouer la veuve éplorée. Elle reçut toute la sympathie qu'on doit à une femme dans cette situation. Les gens parlaient à voix basse en sa présence, lui apportaient du chocolat chaud et lui manifestaient une compassion particulière, l'un ou l'autre l'étreignait. Lorsqu'il fut clair qu'à ce stade les recherches ne donneraient aucun résultat, nous avons été redescendues des hauts plateaux en hélicoptère jusqu'à Akureyri. De l'aéroport, on nous reconduisit en voiture chez nous. Bettý s'en alla dans leur grande maison à elle et à Tómas. Lorsque j'arrivai dans le pavillon mitoyen, je m'affalai exténuée sur le lit.

C'était le soir et il faisait noir dans la maison. Partout nuit noire.

Je ne sais pas si je me suis endormie ou si je sommeillais, mais tout à coup j'ai entendu le téléphone

155

sur la table de nuit. C'était Bettý. J'ai entendu qu'elle fumait. Sa voix était rauque.

– Ça va ? demanda-t-elle.

– Non, dis-je. Ça ne va pas. Non. Ils vont finir par découvrir ce qui s'est passé. Ils vont finir par tout découvrir sur nous. Ils vont nous mettre en prison. Non, ça ne va pas, Bettý ! Non !

– Je sais, dit-elle sur un ton apaisant.

– Je ne savais pas que tu allais faire ça et de cette façon-là, dis-je. On n'en avait pas parlé. À quoi tu pensais ? Pourquoi est-ce que tu ne m'as rien dit ?

– C'était l'occasion, dit Bettý. Je crois que tout va bien se passer. Ils ne le trouveront pas tout de suite.

– Mon Dieu, Bettý ! Qu'est-ce que nous avons fait ? dis-je en gémissant. Qu'est-ce que nous avons fait ?

– Rien, Sara, dit Bettý. Souviens-toi de ça. Toujours. Nous n'avons rien fait. C'est le plus important maintenant, de s'en tenir à cette version : Tómas est parti en motoneige et n'est pas revenu. Souviens-toi de ça. C'est très simple. Tómas est parti en motoneige et n'est pas revenu.

– Oh, Bettý…

– Je sais, ma chérie.

J'entendis qu'elle inhalait la fumée de sa cigarette grecque. Je désirais être auprès d'elle. Me serrer contre elle. Être avec elle. Sentir combien elle était forte.

– Tu peux venir ? demandai-je.

Il y eut un silence.

– Bettý ?

– Non, dit-elle. Il nous faut être prudentes. Nous ne devons pas donner matière à commérages, surtout en ce moment. Plus tard, ma chérie, plus tard nous serons ensemble.

– Bettý…

Je sanglotais au téléphone.

– Tout ira bien, Sara. Nous devons rester unies et nous en tenir à cette version. Alors, tout ira bien. C'est compris ?

Je pleurais au téléphone.

– C'est compris ? reprit-elle sur un ton rude.

– Oui, fis-je. Nous devons rester unies. Je le sais.

– Tout ira bien, dit-elle. Fais-moi confiance. Tu le feras ? Tu me fais confiance ?

– Oui, dis-je. C'est… Je te fais confiance…

– Il ne faut pas de contact entre nous pendant les semaines qui viennent.

– Non.

– Tu travaillais pour Tómas et tu étais une amie de la famille.

– Oui.

– J'étais sa bonne et fidèle épouse.

– Oui.

– Il va y avoir du remue-ménage quand on le trouvera…

– Oui, dis-je. Il va y avoir du remue-ménage.

– Léo et toi alliez nous rejoindre, mais Léo a eu un empêchement.

– Oui, répondis-je.

– C'est pourquoi tu es venue seule, dit Bettý.

– Oui.

Ensuite, je me suis rendu compte. Léo ? Elle avait dit Léo ? Qu'est-ce qu'il avait, Léo ?

– Mais je n'avais pas l'intention de venir avec Léo, dis-je. Qu'est-ce que tu veux dire ? Pourquoi est-ce que tu parles de Léo ?

– Ils vont peut-être trouver ça suspect que nous ayons eu l'intention de nous retrouver toutes les deux seules avec Tómas. Tu comprends ? Certains pourraient y voir des saloperies… nous deux et lui… On ne veut pas de ça. J'ai parlé à Léo et…

157

– Tu as parlé à Léo ? Nous devions aller en ville !

– … Il est prêt à le faire. Il est prêt à dire qu'il avait l'intention d'aller avec toi, mais qu'ensuite il n'a pas pu venir. C'est mieux comme ça.

– Pourquoi Léo ? Il sait quelque chose ? Tu lui as dit… Tu lui as dit quelque chose ?

– Il ne sait rien, dit Bettý. Il fait ça pour Tozzi. Je le lui ai demandé. Il ne dira rien à personne. Il ne veut pas que le nom de Tómas soit traîné dans la boue. Il y a toutes sortes de commérages qui circulent et Léo a la ferme intention d'y mettre un terme.

– Mais il n'a pas voulu savoir pourquoi il devait mentir ? Il n'a pas trouvé ça suspect ? T'es pas cinglée de mêler quelqu'un d'autre à notre histoire ? T'es pas cinglée d'avoir parlé à Léo ? Maintenant, il va se douter de quelque chose et…

– Il n'a jamais posé de questions, dit Bettý. Il ne se doutera de rien. Il a tout de suite compris ce que je voulais dire et il était plus que prêt à empêcher que le nom de Tozzi soit traîné dans la boue.

– Léo ?

– C'est mieux comme ça.

– Pourquoi est-ce que tu ne m'en as pas parlé d'abord ?

– Je n'avais pas le temps.

– Mais…

– Fais-moi confiance.

Je n'avais pas le choix. Je lui ai fait confiance. Je lui avais toujours fait confiance.

Ensuite, elle me donna une version que nous n'avions pas encore répétée ensemble : celle qui dit que Léo voulait m'accompagner chez Tómas, mais qu'il n'avait pas pu venir.

22

Un jour, l'avocat m'a dit que j'avais de la visite. Il s'était plaint de ce qu'il n'avait pas toujours été appelé sur les lieux lorsqu'on m'emmenait pour m'interroger et il en avait fait tout un plat. Il disait qu'ils lui devaient réparation et qu'une autorisation avait été donnée pour cette unique visite.

– Je n'ai pas demandé de visite, dis-je.

Il se tenait dans l'embrasure de la porte avec son porte-documents et souriait, comme s'il venait de me rendre un service inestimable.

– Elle est venue me trouver, dit-il. J'ai pensé que c'était bien que vous puissiez vous voir.

– Qui ? Qui elle ?

– Ta maman, dit-il.

– Maman ?

– Oui, pourquoi, ça t'étonne ?

– Ma maman voudrait me rendre visite ?

– Voudrait ? dit-il. Mais elle est là, avec moi ! Elle t'attend pour entrer ! ajouta-t-il, triomphant.

– Ici ? Maman m'attend ici ?

– Allez, ma petite amie ! dit l'avocat.

– Ne m'appelle pas « ma petite amie », dis-je. Il le faisait parfois et ça me tapait sur les nerfs comme c'est pas possible.

– D'accord, dit-il.

– Ça ne m'intéresse pas de la voir.

Je n'aurais pas été plus sonnée s'il m'avait dit que papa était ressuscité d'entre les morts. Maman et moi n'étions pas amies. Elle m'évitait. Mon aimable frère m'avait dit ce qu'elle disait sur moi, à savoir que je n'étais plus sa fille.

– Bien sûr que tu veux la voir, dit l'avocat, qui ne savait rien des relations entre maman et moi. C'est ta mère !

– Non, dis-je. Dis-lui de s'en aller !

Il en resta interloqué.

– Elle est venue me voir, dit-il à la fin. J'ai dû pas mal me démener pour ça. Je ne sais rien de vos relations, je n'en sais rien, mais il me semble que ta maman est une femme charmante qui se fait beaucoup de souci pour sa fille. Parle-lui. Ça ne peut que te faire du bien.

– Pourquoi est-ce qu'elle veut me voir ?

– Demande-le-lui toi-même, dit l'avocat.

– Elle ne peut pas me supporter, dis-je.

– Parle-lui. Ça ne peut que te faire du bien.

Elle était plus mince que dans mon souvenir. Et elle avait vieilli.

Je ne m'étais pas trouvée face à elle depuis très longtemps et l'image que j'avais d'elle était tout autre. Maintenant qu'elle était là devant moi, je voyais à quel point le temps qui passe peut malmener les gens. C'était également le cas pour une femme aussi élégante que maman. Elle se teignait toujours les cheveux en blond et elle avait du fard à paupières. Elle avait pris des rides avec l'âge, son visage s'était allongé, ses mains vieillies laissaient apparaître ses veines. Elle essayait de sourire, mais cela ne donnait qu'un rictus.

– On vous fouille, ici, dit-elle.

Elle ne m'avait pas saluée. Elle n'essayait pas de s'approcher de moi ou de me prendre dans ses bras. Ou bien de dire quelques paroles de consolation ou tout simplement de me gronder. Elle se plaignait.

– Ça n'a pas dû être agréable, dis-je. Pourquoi est-ce que tu es venue ici ?

– J'ai tout de même le droit de rendre visite à ma fille sans être obligée de fournir des explications, non ?

– Tu ne l'as jamais fait jusqu'à présent.

Elle se tut. Nous restâmes silencieuses.

– Je n'ai sans doute pas beaucoup de temps, dit-elle.

– Non, dis-je.

Ensuite, nous nous tûmes encore plus longtemps.

– J'ai appelé le médecin, finit-elle par dire.

– Le médecin ?

– Celui qui vient te voir ici dans la prison.

– La psychiatre ? Tu as appelé la psychiatre ?

– Elle a été tout ce qu'il y a de plus gentil. J'ai lu dans les journaux que tu passes un test pour savoir quel est ton état mental, comme ils appellent ça. Qu'est-ce que je n'ai pas lu sur toi dans les journaux ! Je suis arrivée à savoir qui était le médecin et je l'ai appelée.

– Comment ça ?

– Eh bien, je l'ai appelée.

– Non ! Comment est-ce que tu as fait pour savoir que c'était elle ?

– Par l'intermédiaire de notre vieux médecin de famille. C'est une de ses parentes ou quelque chose comme ça. Je me suis permise de l'appeler. Elle ne semblait avoir rien contre.

– Pourquoi tu as appelé ?

– Je voulais savoir comment tu allais.

– Pourquoi ?

– Qu'est-ce qui te prend ? Tu es ma fille, voyons !

– Que tu ne peux pas supporter. Tu as oublié ? Tu as oublié que je ne suis pas comme tout le monde ? Une lesbienne ? Une dégénérée !

– Tu n'as pas besoin de dire ça, dit-elle. Tu n'as pas besoin de t'exciter comme ça alors que ce que je veux, c'est seulement te parler.

Je la regardai et j'étais sur le point de donner libre cours à ma colère. De déverser sur elle toute l'angoisse, la colère, la crainte et la panique qui m'habitaient et de lui dire ses quatre vérités. Mais je ne dis rien. Elle contemplait un point derrière moi comme si elle n'osait pas me regarder dans les yeux.

– Excuse-moi, dis-je.

– Est-ce que tu as fait ça ? demanda-t-elle. Ce que les journaux disent.

– Tu es venue ici pour le savoir ?

– Non, je ne crois pas ce que disent les journaux. Je ne crois pas que tu aies fait une chose pareille. Non, pas ma fille.

– Ta fille ?

– Oui, ma fille.

– Ta fille, qui est une gouine ?

Elle me regarda.

– Je n'ai jamais pu comprendre ça, dit-elle.

– Tu n'as jamais essayé.

J'étais plus sévère que je ne voulais.

– Peut-être, dit-elle. Peut-être que nous pourrions arranger un petit peu les choses.

– Arranger ?

– Parler de tout ça ensemble. Peut-être que nous

pourrions nous asseoir et parler de toi et de nous. Je sais que je n'ai pas…

Je vis qu'elle faisait un effort sur elle-même.

– Tu dois être dans un état lamentable, dit-elle. Tu veux me dire ce qui s'est passé ? Je sais que tu es incapable de faire le moindre mal à qui que ce soit.

– Tu en es sûre ? Tu ne sais rien de moi. Tu as évité de savoir quoi que ce soit de moi pendant des années et des années. Tu as eu longtemps honte de moi et tu as sans doute encore plus honte de moi maintenant.

– Je suis quand même venue te voir, dit-elle. Je sais que je ne t'ai pas montré beaucoup de compréhension…

– Beaucoup de compréhension ? répétai-je sur un ton scandalisé.

– … et c'est sûrement surtout de ma faute si nous n'avons plus de liens, mais j'aspire à changer tout ça. J'aspire à t'aider.

– Tu ne crois pas que c'est un peu tard ?

– Il n'est jamais trop tard, dit-elle.

– Qu'est-ce que la psychiatre t'a dit ?

– Elle a dit que ça nous ferait du bien de nous voir et de nous parler.

Elle hésita.

– Elle a dit que ça te ferait du bien. Que tu n'allais pas bien.

– Et tout à coup tu as des remords ?

– Je…

– Elle t'a dit que tu aurais pu être moins méchante avec ta pauvre fille bien qu'elle soit comme elle est ?

– Elle… J'ai aussi parlé à ton frère.

– Je n'ai rien à faire de ton aide, dis-je, et je me levai. Pas plus maintenant qu'avant. Jamais. C'est compris ? Tu ne t'es pas occupée de moi pendant toutes ces années et maintenant tu n'as rien à faire dans ma vie. Rien ! C'est trop tard. Tu comprends ? Trop tard. Pour toi comme pour moi !

Je flanquai un coup de pied dans la porte qui s'ouvrit sur-le-champ. Gudlaug aux sabots était de faction.

– Je veux retourner en cellule, dis-je.

– Tu peux rester plus longtemps, dit-elle en regardant maman.

– Ça ne m'intéresse pas, dis-je en sortant.

Repensant un peu à ce qu'elle avait dit, je me retournai vers la porte et lui criai :

– Et tu peux dire à mon frère qu'il aille se faire foutre !

23

Ils ne découvrirent le cadavre de Tómas que cinq semaines plus tard. Il avait beaucoup plu dans la région. Les gens d'Akureyri n'avaient pas abandonné les recherches bien que celles-ci fussent officiellement arrêtées et ils allèrent voir sur place avec leurs chiens.

Et finalement ils arrivèrent au bout de leur peine. Ils descendirent dans la crevasse, en retirèrent le cadavre, attachèrent des cordes au traîneau et hissèrent le tout. Ils le firent en toute insouciance, ces jeunes hommes de l'équipe de secours qui croyaient avoir accompli un exploit en découvrant le cadavre. La police, elle, était furieuse. Dans de telles circonstances, la police criminelle doit être consultée. Ces jeunes gens auraient dû immédiatement annoncer qu'ils avaient découvert le cadavre et ne pas toucher aux pièces à conviction.

Lorsque la police fut finalement prévenue de l'affaire, le cadavre était déjà en train d'être acheminé à Akureyri par hélicoptère. La motoneige était au bord de la crevasse et les hommes de l'équipe de secours avouèrent plus tard l'avoir pas mal manipulée.

Pendant toute cette période, je n'avais quasiment pas eu de nouvelles de Bettý. J'essayais de l'appeler, mais elle ne répondait pas. Nous avions bien dit que nous ne pourrions pas être beaucoup en contact après cet événement. Mais, malgré ça, j'avais le sentiment qu'elle faisait tout pour m'éviter. Peut-être y avait-il chez moi un mélange de paranoïa et de terrible sentiment de culpabilité. Ce sentiment m'assaillait totalement, me minait et ne me lâchait plus, à telle enseigne que j'étais sur le point d'aller moi-même à la police pour leur raconter ce qui s'était passé. Tout. Tout depuis que j'avais vu Bettý dans la salle de cinéma jusqu'à l'aide que je lui avais fournie pour dissimuler nos traces au bord de la crevasse.

Je ne parvenais pas à travailler. Je retournai à Reykjavík dans le nouvel appartement que j'avais acheté et l'arpentai, complètement hébétée. Je désirais Bettý. Je voulais lui parler, avoir son soutien, entendre sa voix me consoler, lui faire dire que tout irait bien. Je voulais l'entendre dire que ça serait bientôt fini. Que tout serait enterré et oublié, et que nous pourrions être ensemble, toujours. J'avais tellement besoin d'elle que j'étais sur le point de devenir folle. J'essayais de la joindre. J'essayais de trouver les paroles de consolation qu'elle me dirait, mais c'était comme si la terre l'avait engloutie.

Elle était tellement plus forte que moi. Dans toute cette tragédie, il est clair qu'elle n'avait pas besoin de moi. Elle n'avait aucune raison de me contacter. Pas un mot. Rien.

Les dernières paroles que j'avais entendues d'elle étaient : « Fais-moi confiance. »

Je me rendis au bureau de l'entreprise à Reykjavík, mais plutôt pour faire acte de présence. En réalité, j'étais incapable de travailler. Après une réunion, comme j'étais complètement dans la lune, mes collègues me dirent de rentrer chez moi et de me reposer : « Prends des vacances. Tu as encore droit à quelques jours. »

À ce moment-là, avant qu'ils ne découvrent le cadavre de Tómas, je fus convoquée pour être interrogée par la section criminelle de la police de Reykjavík. Ils disaient que c'était une affaire de routine. L'affaire était instruite au titre des disparitions. On n'avait pas pris le temps de me demander de faire une déposition à Akureyri. On le faisait maintenant. Ce fut un policier tout ce qu'il y a de plus sympa qui me dit tout ça au téléphone et me demanda si je pouvais passer rapidement le lendemain matin. J'étais en sueur.

Betty et moi, nous nous étions entraînées ensemble pour notre déposition et je me rendais compte que je n'avais pas à en démordre, mais je n'avais aucune idée de ce qu'ils savaient ni des questions qu'ils me poseraient. Il ne savaient sans doute rien, mais j'étais convaincue qu'en voyant ma tête ils verraient que je mentais et comprendraient tout. Je n'avais jamais su mentir. Avant c'était le cas, plus maintenant. Je suis passée maître dans l'art de mentir.

Ils paraissaient avoir déjà parlé à Betty. L'un des policiers était Lárus, qui par la suite devait m'interroger souvent. L'autre, je ne l'ai plus jamais revu. Lárus l'appelait Sigurdur, je crois. Ils parlaient d'un certain Erlendur[1] ou d'un étranger quand je les ai dérangés en pleine enquête sur un squelette trouvé dans le lac de Kleifarvatn.

Ils m'ont demandé quelles étaient mes relations avec Léo. Je me souvenais des paroles de Betty et je les répétai. Nous n'avions pas de relations en dehors du fait que nous travaillions tous les deux pour Tómas

---

1. L'inspecteur Erlendur Sveinsson est le héros de nombreux romans d'Arnaldur Indridason. Il y a un jeu de mots sur le prénom Erlendur : en islandais, *erlendur* veut dire « étranger ».

et que nous nous étions liés d'amitié avec Bettý et son mari grâce à notre travail. Tómas et Léo étaient d'excellents amis. Bettý et moi étions de bonnes amies. Nous avions l'intention de faire une promenade tous les quatre, mais Léo avait eu un empêchement de dernière minute. Ils hochèrent la tête.

– Et il avait l'intention d'essayer l'engin ? Tómas aussi ?

– C'était une motoneige neuve, si je comprends bien.

– Oui, ça c'est certain, dit Lárus.

– Il n'y avait personne d'autre ?

– Non, personne.

– Uniquement vous deux et lui. C'était comme ça, d'habitude ?

– Non, Léo a eu un empêchement.

– Oui, c'est vrai, Bettý nous l'a dit aussi.

Je lui rendis grâce intérieurement d'avoir eu l'idée de Léo. Décidément, elle pensait à tout.

– C'est Tómas qui a organisé la promenade, dis-je et ils hochèrent la tête.

Ils m'ont questionnée à propos de divers détails et je crois m'être très bien défendue. Je commençai à m'affliger, je parlais à voix basse et je les regardais d'un air las et abattu, le plus souvent pour dissimuler ma nervosité et dominer ma peur.

Je croyais que Bettý était à Akureyri, en veuve éplorée, mais ensuite j'ai appris qu'elle était en ville, à Reykjavík, et j'ai essayé désespérément de la joindre. Elle ne répondait pas plus au téléphone qu'à l'accoutumée. Je suis passée en voiture devant sa maison de Thingholt, mais nulle part on ne voyait de lumière ni qui que ce soit à l'intérieur. Je restai dans ma voiture à proximité de la maison. J'attendis, mais jamais elle ne se manifesta.

J'étais ridicule. Exactement comme si j'avais perdu le peu de raison qui me restait encore. J'utilisai, qui plus est, des lunettes de soleil. Je passai devant l'hôtel *Saga* et j'épiai pour voir si elle y était. Je ne sais pas à quoi je pensais. Je ne savais pas ce que je ferais si je la voyais. Est-ce que je bondirais hors de ma voiture et lui courrais après ? Est-ce que je l'appellerais ?

Je ne la vis nulle part. Je ne connaissais pas d'autres endroits où elle aurait pu être à Reykjavík. Elle était toujours à cet hôtel, à Thingholt ou bien chez moi. Je lui avais laissé la clé de l'appartement et il lui était facile de venir me voir à l'improviste, parfois.

Je ne savais pas quoi faire. Cette incertitude était mortelle pour moi. Pouvais-je entrer dans l'hôtel et la demander ? Est-ce que ça n'aurait pas été suspect ? Est-ce que ça aurait pu se retourner contre moi plus tard ? Pourquoi il ne fallait pas qu'on nous voie ensemble ? Nous étions amies avant que tout ça ne se passe. Les gens nous voyaient ensemble. Pourquoi ne pas faire pareil maintenant ? Est-ce que ça n'éveillait pas autant les soupçons si nous cessions totalement de nous voir, si nous rompions toute relation ? J'avais envie de poser des questions à Bettý sur tout ça et de l'entendre me dire que tout irait bien.

J'étais tellement seule. J'étais si totalement, si effroyablement seule.

J'étais dans ma voiture en face de l'hôtel *Saga* et je retournais ces questions dans ma tête sans parvenir à un résultat. J'essayais de trouver une justification au fait d'aller à la réception de l'hôtel demander Bettý. Je l'avais fait auparavant, le sourire aux lèvres. Mais maintenant ça pouvait être dangereux. Alors quoi ? Qu'est-ce qu'il y avait de dangereux là-dedans ? Nous étions amies. Nous pouvions bien nous rencontrer. Je pouvais la demander à l'hôtel. Qui savait que nous nous rencontrions à l'hôtel, à part nous ?

Je descendis de voiture. Dieu merci, je me suis souvenue de retirer mes lunettes de soleil avant de me présenter à la réception. Il y avait une femme qui était de service, une femme que je n'avais jamais vue auparavant et mon cœur se mit à battre la chamade. Elle ne me connaissait pas, tant mieux. Tout allait bien. Mais tandis que je m'approchais du comptoir, le téléphone de la réception se mit à sonner et elle répondit. D'une petite pièce derrière elle sortit alors mon amie, la blonde au sourire enjôleur et aux gros seins qui semblait toujours me suivre des yeux quand je montais voir Bettý et qui avait l'air de penser que j'allais à une orgie sexuelle.

Il était trop tard pour faire demi-tour. Elle m'avait vue.

– Bettý n'est pas ici, cria-t-elle depuis le hall.

Foutue conne que j'étais. Ensuite, je me mis en colère contre elle. Comme si je n'avais rien d'autre à faire dans cet hôtel que de voir Bettý. Est-ce que ça la regardait, ce que j'avais à faire là ? Qu'est-ce qu'elle avait à se mêler de mes affaires, merde ? On ne se connaissait pas au point d'être amies. Parfois, pour être polie, je lui avais glissé quelques mots sur le temps ou une banalité quelconque, lorsque je venais là. J'allais dire quelque chose, par exemple que j'avais rendez-vous avec un homme ici au bar, lorsqu'elle se mit tout à coup à parler de Tómas.

– Tu ne trouves pas que c'est affreux l'histoire de Tómas ? fit-elle tout fort. Vraiment affreux, ce qui lui est arrivé. Il faut conduire avec prudence quand on fait ce genre de chose. Les gens font des trucs complètement dingues au cours de ces promenades.

Je n'arrivais pas à me rendre compte si elle savait

170

que j'avais participé à cette funeste promenade. Je n'eus pas le temps d'y réfléchir.

– Bettý était là il y a trois jours, seulement une nuit, dit-elle sans que je ne lui demande rien.

– Ah bon ? fis-je.

– Oui, elle était drôlement déprimée, la malheureuse. C'est tout juste si elle m'a dit bonjour.

Non, c'est exactement ça, me dis-je. C'est qu'elle tenait absolument à te parler, idiote que tu es !

Je souris.

– J'ai été contente de te voir, dis-je en avançant. Je pouvais en ressortir par le côté est. Je dois aller à un rendez-vous ici à…

– Elle a vraiment besoin de soutien, dit la femme. Ça doit être affreux pour elle de vivre ça.

– Oui, dis-je. Sûrement.

– C'est pour ça que c'est bien d'avoir des amis, dit-elle.

– Oui.

– Il venait des fois à l'hôtel, dit-elle. Celui avec qui elle était. Celui qui venait la chercher.

– Au revoir ! dis-je en continuant en direction de la salle à manger.

Je savais qu'elle me suivait bêtement des yeux et j'essayai de ne pas me montrer stressée. Sa voix résonnait dans ma tête. Celui qui venait la chercher. Il venait parfois à l'hôtel.

Je m'arrêtai net.

Elle avait enfin compris que je ne désirais pas lui parler et s'était penchée sur son écran d'ordinateur sans avoir conscience de ce qu'elle avait dit. De ce que pouvaient signifier ses paroles. Elle fut étonnée lorsqu'elle leva les yeux et me vit devant son comptoir. Je souriais.

– C'était celui qui… ? repris-je en faisant semblant de chercher quelque chose qui m'était sorti de l'esprit. J'espérais qu'elle prendrait le relais et terminerait la phrase. Ce ne fut pas le cas.

– Qui ? dit-elle.

– Celui qui était avec Bettý, dis-je. Ce n'était pas un certain Helgi ? Tu le connais ?

– Non, dit-elle.

Peut-être était-elle mécontente parce que je n'avais pas été très causante avec elle tout à l'heure. Elle n'allait pas m'aider. Je ne pouvais pas non plus attirer l'attention sur moi davantage.

– Très bien, dis-je. Je te remercie.

Son visage pincé se détendit.

– Je ne me rappelle jamais comment il s'appelle, dit-elle. Un type désagréable. Il venait souvent, juste pour la voir. Quand Tómas n'était pas là.

– Il venait voir Bettý ?

– Oui. Un type pénible. Un jour, il s'en est pris à un garçon qui ne lui avait rien fait. Il l'a insulté et a failli l'agresser. Complètement timbré, ce type.

Il fallait que je fasse attention. Il ne fallait pas que je me montre trop intéressée.

– Oui, dis-je, comme si je me rappelais tout à coup. C'était peut-être lui qui… ?

– Si, dit-elle, je me souviens, maintenant. Il s'appelle Léo. Je me souviens, maintenant. Souvent, il passe la nuit ici quand il est en ville. À l'hôtel, personne ne peut le sentir.

24

Clic-clac, clic-clac, clic-clac…

Je suis couchée dans le noir et je me perds dans le décompte des bruits de pas qui s'éloignent. Il y a tellement de choses qui se bousculent dans ma tête. Les pensées vont et viennent sans que j'aie prise sur elles. Elles m'assaillent de toutes parts, d'autant plus importunes que je voudrais les refouler et n'avoir jamais eu à m'y confronter. J'essaie de purifier mon esprit de toutes ces idées qui m'ont tourmentée ces derniers temps et de penser à autre chose, mais c'est difficile. Elles font toujours irruption lorsque j'essaie de rester assise auprès de papa et que le soleil qui pénètre par la fenêtre éclaire les fleurs que je lui ai apportées. Il est là couché, immobile et harassé, et il me regarde.

Je regarde ses mains qui étaient si vigoureuses et si jolies. Je me souviendrai toujours de sa manière de se laver les mains, longuement et soigneusement, comme un chirurgien.

Il ne peut plus parler. Sa respiration est courte. Je sais qu'il n'est pas content de partir, et c'est bien ça le pire. Je le vois dans ses yeux. À la manière qu'il a de me regarder et de me dire en silence qu'il n'est pas juste de mourir.

Ce n'était pas juste non plus que Tozzi meure. Je

le sais. Personne ne voudrait mourir comme Tozzi est mort. De manière grotesque. Sans se douter de rien. Subitement. Assassiné. Le genre d'homme qu'il était n'a aucune importance. Personne ne devrait mourir comme Tozzi. J'ai eu le temps d'y réfléchir. J'ai eu le temps de me repentir et je me repens sincèrement. Je me repens sincèrement de ce que j'ai fait. Je sais que cela n'a pas beaucoup de poids de dire cela après coup, mais je pense vraiment ce que je dis. Je me repens sincèrement. Malgré tout ce qu'il m'a fait. Maintenant, je sais que ce n'était qu'une partie de cet imbroglio criminel.

J'ai détruit les souvenirs que je possédais encore des derniers jours de la vie de papa. Chaque fois que je pense à lui, l'image de Tozzi vient s'interposer. Papa a eu le temps de faire ses adieux et de mettre ses affaires en ordre, et il a attendu pendant de longues nuits pleines de souffrance que la mort vienne le chercher. Il a réglé ses comptes avec la vie et même s'il n'était pas content d'avoir le dessous et de mourir, il savait qui était son ennemi. Tozzi, lui, ne savait rien. Betty et moi, c'est nous qui avons été la mort pour lui et nous l'avons expédié dans les ténèbres tandis qu'il gémissait. Est-ce que ça aurait changé quelque chose si l'issue avait été différente ? Est-ce que je me serais repentie autant ? Suis-je parvenue à me connaître moi-même ? Me suis-je jamais connue ?

Je vois les choses se produire comme dans un cauchemar de neige blanche.

J'essaie de refouler tout ça, mais je ne peux pas. Je ne peux pas. Qu'ai-je fait ? Comment est-ce que ça a pu en arriver là ?

Il gisait là, désemparé, au fond de la crevasse, levait les yeux et les gardait fixés sur nous. Lorsque nous l'avons traîné jusqu'au bord de la crevasse, il était sans connaissance. Bettý l'avait mis à l'arrière de sa moto-neige et amené jusqu'à la crevasse. Je suivais derrière sur l'autre motoneige. Le chemin n'était pas long pour arriver à la zone des crevasses. Bettý connaissait bien le terrain. Je ne sais pas pourquoi. Peut-être qu'elle l'avait souvent parcouru avec Tozzi auparavant, sans doute en été. Ce que je sais, c'est qu'elle était très bien préparée.

Lorsque nous l'avons poussé de la motoneige puis dans la crevasse, nous croyions qu'il était mort. Il est tombé, sa tête a heurté le rocher, on a entendu un bruit sourd horrible et il s'est retrouvé sur le dos. Un étrange silence s'en est suivi, mais tout à coup nous l'avons entendu gémir. Nous nous sommes regardées. Nous nous sommes penchées davantage au bord et nous l'avons vu nous regarder. Je ne peux oublier la dou-leur qui se lisait sur son visage, qui reflétait l'incom-préhension, la terreur. C'était la même expression de souffrance que mon père avait eue lorsqu'il était sur son lit de mort. Il donnait l'impression d'essayer de nous appeler. Ensuite, il avait fermé les yeux.

– Nous pouvons peut-être le sauver, dis-je à Bettý.

– Déconne pas, dit-elle. Il est mort.

– Je ne savais pas que tu voulais faire ça. Qu'est-ce que tu avais planifié ?

– Tu croyais qu'on venait faire quoi là ? dit-elle sur un ton cassant. Jouer à la belote ? N'essaie pas de dégager ta responsabilité ! Nous sommes ensemble dans cette affaire. Dans cette affaire, nous sommes ensemble, répéta-t-elle. Plus tôt tu t'en rendras compte et mieux ça vaudra. Tu comprends ?

Elle fixa les yeux sur moi.

– Voilà l'homme qui t'a violée, dit-elle. L'homme qui m'a battue pendant toutes ces années. L'homme qui était entre nous deux. Nous sommes débarrassées de lui. Nous sommes libres.

– D'accord, dis-je. D'accord, Bettý.

J'essaie de ne pas trop penser à cette scène au bord de la crevasse où elle m'embrassa sur la bouche en me prenant dans ses bras et où elle me dit que c'était ça que nous voulions toutes les deux et dont nous désirions ardemment la réalisation. Je ne sais pas combien de temps nous sommes restées debout près de la crevasse, au-dessus du cadavre de Tozzi. En vérité, j'avais perdu la notion du temps jusqu'à ce que nous arrivions à la ferme et que nous racontions un mensonge, que Tozzi s'était perdu en route. C'est Bettý qui dirigeait totalement notre équipée. Elle semblait savoir exactement ce qu'elle avait à faire et avoir tout organisé jusque dans les moindres détails. Qui plus est, le temps lui était à vrai dire favorable en cette saison.

Lorsque je regarde en arrière, je me rappelle que Bettý s'était agenouillée à côté de Tómas après le premier coup et qu'elle le frappa ensuite à la tête de toutes ses forces à deux reprises. Elle voulait être sûre de son coup. En arrivant à la maison, elle brûla sa combinaison de ski ensanglantée dans la cheminée et dispersa les cendres dans la tempête.

À quoi bon se repentir ? Ça ne me sert à rien. Je me repens et je prie Dieu de me pardonner, mais ça ne me fait pas aller mieux. J'ai fait venir un pasteur chez moi. Je le lui avais demandé. J'ai parlé avec lui de la mort et de papa. Il m'a dit de prier. Je prie. Je souffre autant. Je ne trouve pas la paix de l'âme. Peut-être que ça changera, si je dis la vérité. Si je dis comment tout cela s'est organisé. Si je dis ça à Dóra. Si j'avoue tout. Peut-être que je me sentirai mieux.

Mais qu'est-ce que je dois avouer ?

Qu'est-ce que j'ai à avouer ? Est-ce que je dois avouer que j'aime Bettý, parce que c'est mon seul crime dans tout ça ?

Je voudrais savoir ce que je dois avouer. Je crois que ça m'aiderait beaucoup de le savoir.

Je sais qu'elle m'a évitée pendant les semaines qui se sont écoulées avant de découvrir Tómas. Durant toute cette période, je n'ai joint Bettý qu'une seule fois au téléphone. Je l'ai interrogée à propos de Léo.

— Où es-tu, Bettý ?

Ça a été la première chose que j'ai dite. J'appelais sur l'un de ses numéros de portable. Avant, je l'avais souvent fait sans résultat, mais pour une raison que j'ignore, tout à coup, elle répondit.

— Nous ne devrions pas parler ensemble, dit-elle. Elle avait fumé. Ça s'entendait au téléphone. Et elle avait bu également.

— Pourquoi pas ? dis-je. Pourquoi est-ce que tu m'évites ?

— Il faut vraiment que tu poses la question ? dit-elle. Je te contacterai quand je pourrai. Quand ça ira bien. Tu comprends ? Il faut que tu saches ce que tu as fait. Il faut que tu saches que tu dois être prudente.

— Qu'est-ce que tu faisais à l'hôtel avec Léo ? demandai-je.

— Avec Léo ? À l'hôtel ?

— Qu'est-ce qui se passe avec Léo ? demandai-je. Qu'est-ce qu'il vient faire tout à coup dans cette histoire ?

— De quel hôtel est-ce que tu parles ?

— Ne me raconte pas d'histoires, Bettý, dis-je en baissant la voix. Je sais que vous étiez ensemble à l'hôtel *Saga*.

– Au *Saga* ? dit-elle, pensive. On n'était pas ensemble à l'hôtel *Saga*. Léo est seulement venu me voir dans la journée. J'étais en réunion à Reykjavík pour Tozzi et l'entreprise. Tu vas pas me faire de la paranoïa. Pour l'amour du ciel, arrête ces bêtises.

– Il venait seulement te chercher ?

– Évidemment ! Arrête ça !

Nous nous tûmes.

– Est-ce que tu leur as parlé de Léo ? demanda-t-elle. Tu as parlé de Léo à la police ?

– Oui, dis-je. Je leur ai dit qu'il devait venir avec moi vous voir, toi et Tozzi. Tu le leur as dit toi aussi.

– Et alors ?

– Je crois qu'ils m'ont crue. On ne pourrait pas se voir ? Seulement une fois.

Je la suppliai. Je ne désirais rien autant que de la voir et d'être auprès d'elle.

– C'est exclu, mon amour, dit-elle tendrement. Quand tout ça sera fini, alors… Il faut que tu sois forte. Sois forte comme moi et alors tout ira bien.

Je me calmai. Pourtant, il y avait quelque chose qui me contrariait. Une chose qu'elle avait dite et que je ne comprenais pas.

– Ma chérie, il faut que je parte, dit-elle.

– Qu'est-ce que tu entends par « il faut que je sache ce que j'ai fait » ? dis-je. Qu'est-ce que ça veut dire ?

– Quoi ?

– Tu as dit qu'il fallait que je sache ce que j'avais fait. Qu'est-ce que tu entends par là ? Pourquoi est-ce que tu as dit ça ? Comme si c'était moi qui avais fait ça !

– Quand est-ce que j'ai dit ça ?

– Tout à l'heure ! Tu as dit : « Il faut que tu saches ce que tu as fait. » Qu'est-ce que tu entends par là ?

– Calme-toi, Sara, je ne sais vraiment pas de quoi

tu parles. Et nous ne pouvons pas continuer à parler comme ça au téléphone. Nous ne pouvons pas.

– C'est comme si j'étais toute seule dans cette histoire, c'est ça que tu veux dire ? Que c'est moi seule qui ai fait ça ? C'est ça que tu veux dire ?

Elle raccrocha. Je lui criai : Bettý ! Bettý ! Bettý ! Mais elle n'était plus là.

C'est tout de suite après ça que je suis allée glaner des renseignements. Je comprenais Bettý quand elle disait que nous ne pouvions pas nous contacter pour le moment, que c'était trop risqué, mais j'étais inquiète après avoir appris qu'elle était allée à l'hôtel *Saga* avec Léo. Le lieu de nos rendez-vous. Bettý disait qu'il était juste venu la chercher et je m'en étais contentée. C'était bien possible, mais deux jours plus tard ça ne collait plus.

Car alors je suis tombée par le plus grand des hasards sur l'ancien DRH de Tozzi. Je ne l'avais pas revu depuis que j'avais fait sa connaissance à je ne sais plus quelle occasion. Je me suis tout de suite dit qu'il m'avait peut-être déjà vue une fois lors d'une réunion chez Tozzi.

C'était à la Maison des pays nordiques. Je me promenais et, avant de m'en apercevoir, j'étais arrivée à l'université et au bâtiment du droit où j'avais fait mes études il y a des lustres de ça, je crois bien. Je suis descendue jusqu'à Vatnsmýri, je me suis assise à la cafétéria de la Maison des pays nordiques et, avant que j'aie réalisé, le DRH est venu vers moi. Il avait la cinquantaine et était assez corpulent, il s'appelait Óskar. Je lui ai serré la main.

Il n'était plus dans l'entreprise ; il avait arrêté à peu près au moment où j'avais commencé à travailler pour Tómas, me dit-il, mais il se souvenait de moi, à l'occasion d'un cocktail, il me semble. Il était maître de conférences à l'université, au département d'études commerciales, si je me souviens bien.

– Ça a dû être affreux ce qui s'est passé dans les montagnes, dit-il, sachant pertinemment que j'avais fait partie de l'expédition au cours de laquelle Tómas était mort. Je ne lui ai pas demandé comment il était au courant. Aux informations, ils n'avaient parlé que des « invités » qui étaient chez Tozzi et aucun nom n'avait été cité. Le qu'en-dira-t-on s'entend à combler les lacunes, et de façon étonnamment juste dans la plupart des cas.

– Tu sais que j'étais avec lui ? dis-je.

– On entend dire tellement de choses, dit-il. Bettý, sa femme et toi, si j'ai bien compris. C'est ta grande amie, n'est-ce pas ?

– Je préférerais ne pas en parler, dis-je en ajoutant que j'attendais quelqu'un. J'ai regardé l'heure, je crois, pour indiquer que je voulais qu'on me laisse tranquille. J'essayais de savoir si j'avais remarqué quelque chose dans le ton de sa voix quand il avait affirmé que Bettý était ma grande amie. Je ne sais pas si j'ai rougi. Je regardai par la fenêtre de la cafétéria le petit étang situé près de la maison.

– Oui, évidemment, dit-il, mais il ne faisait toujours pas mine de partir. C'est horrible de partir comme ça. Et qu'on ne vous retrouve pas.

– Ils le retrouveront, dis-je.

J'étais au bord des larmes. Le temps était calme dehors, il faisait froid et la surface de l'étang était lisse comme un miroir.

– Bon, dit-il en semblant enfin se rendre compte que je voulais être tranquille. Je ne voulais pas te déranger. J'ai été content de te voir. Tu penses faire toujours partie de l'entreprise à l'avenir ?

– Je crois bien que non, répondis-je.

– Bettý le voudrait sûrement. Elle s'est assez battue pour qu'on t'engage.

Je hochai la tête, heureuse qu'il veuille enfin s'en aller. Il tourna les talons et quitta la cafétéria. Je le suivis du regard et le vis s'arrêter devant des objets d'art dans le hall d'entrée. Il y avait une exposition en provenance du Groenland sur les ustensiles des pêcheurs de phoques.

Je me mis à sourire toute seule : les gens croient toujours tout savoir alors qu'en fait ils ne se doutent de rien. Ce n'était pas Bettý qui s'était battue pour que je sois engagée. C'était Tómas Ottósson Zoëga lui-même qui voulait m'avoir à cause de mes connaissances juridiques et de ma spécialisation dans les affaires européennes, et il avait envoyé Bettý m'en parler. Le qu'en-dira-t-on avait défiguré la réalité.

Le qu'en-dira-t-on...

Je jetai un coup d'œil dans le hall et me levai pour rejoindre l'ex-DRH. Il était plongé dans la contemplation d'anciens ustensiles en fer exposés dans une vitrine et il fut étonné de me voir tout à coup à côté de lui.

– C'était Tómas, dis-je, qui voulait m'avoir pour l'entreprise. Pas Bettý. Tu t'es mépris. Je voulais seulement... Il y a tellement de choses qu'on a dites et mal comprises. Je voulais seulement faire une mise au point.

– Évidemment, dit-il. C'est peut-être moi qui ai mauvaise mémoire, mais ça n'a pas d'importance.

– Pour moi ça en a, dis-je en restant là, embarrassée, à côté de lui, ne sachant si je devais en dire davantage ou bien m'éclipser.

– C'est juste...

Il hésita.

– Quoi ?

– C'est juste ce que Tómas m'a dit alors, quand il m'a appris que tu étais embauchée.

– Qu'est-ce qu'il t'a dit ?

– Je ne veux pas te blesser, dit-il. Il avait tort, d'ailleurs. Je sais que tu es parvenue à de très bons résultats dans la coopération avec les Allemands.

– Je ne sais pas de quoi tu veux parler, dis-je. Qu'est-ce que Tómas a dit ?

Il s'avança vers une autre vitrine, regarda ce qu'il y avait dedans et considéra différents modèles d'anciens couteaux à vider le poisson groenlandais.

– Il a dit qu'il ne savait pas quoi faire de toi et doutait que tu obtiennes jamais des résultats.

– Comment ?

– Il doutait que tu obtiennes des résultats.

– Il a dit ça ?

– Comme je l'ai dit, il avait tort. Je lui ai dit qu'on ne pouvait pas savoir ce qu'il adviendrait s'il te prenait. Et, franchement, il n'était pas enchanté à l'idée de t'engager. Il avait du mal à y voir un intérêt.

– Mais... pourquoi est-ce qu'il m'a engagée ?

Je posais cette question sans réfléchir, totalement déconcertée par les paroles de l'ancien DRH, mais j'y avais déjà répondu avant même qu'il ne dise quoi que ce soit.

– À ce que j'en sais, on lui a forcé la main, dit l'homme.

Je fixai les yeux sur les anciens couteaux à vider le poisson et, d'un seul coup, une foule de pensées me traversèrent l'esprit pour s'arrêter sur Betty pénétrant dans la salle de cinéma la première fois que je l'ai vue.

– Si j'ai bien compris, sa femme lui a dit que tu serais une bonne collaboratrice parce que tu étais spécialiste de l'espace économique européen. Et...

Il hésita.

– Et quoi ? fis-je, les yeux fixés sur les couteaux.

– Et il a cédé.

25

Quand je me suis mise à réfléchir à tout cela, je ne savais rien sur Bettý, à part que je l'aimais plus que ma propre vie. Il n'est sans doute bon pour personne d'aimer comme j'aimais Bettý. Dans mon cas, ça s'est terminé par une tragédie.

Bettý ne me parlait quasiment jamais de son passé. C'était comme s'il n'avait jamais existé. Elle avait glané dans ma vie tout ce qu'elle avait pu en tirer et je lui avais raconté des choses que je n'avais jamais racontées à personne, sur ma mère, mon frère, papa et son agonie, par exemple. Chaque fois que j'essayais d'inverser les rôles et de la faire parler d'elle, elle éludait en disant qu'elle n'avait rien à raconter.

Il lui arrivait pourtant de passer en revue ses souvenirs d'enfance ou d'adolescence. Mais ça n'arrivait que très rarement. Comme si elle n'avait rien d'autre que des souvenirs douloureux, ce qui n'avait rien d'étrange, vu le milieu dans lequel elle avait grandi et vécu à Breidholt, entre une mère alcoolique et un beau-père qui la brutalisait.

Un jour, elle m'a parlé de la première fille avec qui elle avait eu une véritable histoire. Elle s'appelait Sylvía. Je savais juste qu'elles s'étaient rencontrées dans leur immeuble, et qu'elles habitaient dans le même escalier. Bettý raconta qu'elle s'était livrée à divers jeux sexuels avec elle, et qu'en général ça se passait dans la buanderie de l'immeuble au sous-sol. Sylvía avait deux ans de plus qu'elle. Elles sont restées ensemble six mois, jusqu'à ce que Sylvía déménage. C'était la version de Bettý.

Lorsque je me mis à sa recherche, je ne savais pas si le vrai nom de cette jeune fille était Sylvía. Pour commencer, je feuilletai l'annuaire du téléphone, il y avait plusieurs femmes qui se prénommaient ainsi. J'appelai une de mes connaissances de Samtök'78[1] qui accepta de vérifier s'ils avaient dans leur association une certaine Sylvía. Il n'en trouva qu'une, qui était dans l'annuaire. Je l'appelai. Elle n'avait jamais entendu parler de Bettý.

J'ai rappelé ma connaissance pour lui demander s'il avait quelque chose sur une Sylvía qui n'était pas dans l'association. Il me répondit qu'il allait y réfléchir et qu'il me rappellerait. Deux jours après, je reçus de ses nouvelles. Il s'était donné beaucoup de mal, avait contacté une foule de gens et avait fini par entendre parler d'une femme de ce nom dont on croyait qu'elle habitait le quartier d'Árbær. Je repris l'annuaire. Une seule Sylvía habitait à Árbær. J'appelai. Elle répondit. Elle mit du temps à saisir ma démarche. Je crois qu'elle avait un peu bu. Ensuite, elle parut tout à coup comprendre de qui je voulais parler. Elle se souvenait parfaitement de Bettý.

Je lui dis que je faisais partie du comité de rédaction d'un album qui devait être publié à l'occasion de l'anniversaire de l'école qu'elle et Bettý avaient fréquentée quand elles étaient adolescentes. L'album serait

1. Union des lesbiennes et des homosexuels.

magnifique et le comité de rédaction était en train de recueillir des anecdotes en provenance des différentes classes et l'édition comporterait en outre des photos des anciens élèves. Sylvía ne semblait pas intéressée et dit qu'elle n'avait rien à dire à ce sujet. Mais peu à peu je réussis à orienter la conversation sur son ancienne amie, Bettý, et elle sembla alors se prendre au jeu.

Sylvía habitait un petit appartement sombre. La fenêtre du séjour donnait sur le jardin où il y avait, dans un bac à sable, une balançoire que personne n'utilisait. Sylvía avait les nerfs fragiles et fumait sans arrêt. Elle faisait dix ans de plus que son âge réel. En me conviant à venir chez elle, elle m'avait demandé d'aller au Ríkid[1] lui acheter deux bouteilles de vodka. Je les lui remis et elle les prit avec empressement, mais nous n'avons pas parlé du paiement. Je crois que l'espoir d'avoir de la vodka était la véritable raison pour laquelle elle m'avait invitée à venir. Elle s'en versa tout de suite un verre, pure, me regarda pour m'en proposer, mais je secouai la tête, alors d'un trait elle vida son verre, le remplit à nouveau et s'assit. Ensuite, elle fut plus calme. Elle raconta qu'elle travaillait comme infirmière à domicile. Après avoir un peu discuté de son ancienne école, j'orientai la conversation sur Bettý, tout d'abord avec quelques précautions, puis directement.

– Tu connais Bettý ? demanda-t-elle.

– Juste un petit peu, dis-je brièvement. Je l'ai appelée pour cette affaire. C'est elle qui m'a orientée sur toi.

---

1. *Ríkid* (« L'État ») : terme qui désigne les magasins d'État. Pour lutter contre l'alcoolisme, l'Islande pratique des prix prohibitifs sur la vente d'alcool qu'on ne trouve que dans des magasins spéciaux, les monopoles d'État, les *vínbúdir* (« boutiques du vin »).

Sylvía hocha la tête en sirotant son verre.

– Ça fait des années que je ne l'ai pas vue, dit-elle. Sûrement quoi… quinze ans et quelques. Elle n'est pas partie à Akureyri ?

– Si, dis-je. Qu'est-ce que tu peux me dire sur elle ?

Je n'allais pas lui laisser me tirer les vers du nez, mais je ne voulais pas non plus être trop curieuse.

– Elle était superbe, dit Sylvía. C'était la fille la plus douée que j'aie connue. Personne ne lui en imposait. Elle menait la vie dure aux garçons. Elle s'en tirait toujours.

Je demandai si elle avait une photo de Bettý du temps où elles étaient adolescentes.

– Naaan, dit Sylvía, pensive, je ne crois pas. Je n'ai aucune photo de ces années-là. On ne prenait pas de photos chez nous, chez Bettý non plus, je crois. Son père…

– Ce n'était pas plutôt son beau-père ? demandai-je.

– Si, une foutue crapule, celui-là. On entendait la mère de Bettý hurler à des kilomètres à la ronde.

– Bettý avait des frères et sœurs ?

– Naaan. Ah si, mais pas des vrais frères et sœurs. Elle avait deux demi-frères. Des gars à problèmes. Ils étaient plus âgés et Bettý n'avait pas de liens avec eux. L'un d'eux a été à la prison de Hraun, je crois.

Sylvía se leva et se versa un nouveau verre. Elle ne ressentait nul besoin d'expliquer pourquoi elle buvait de la vodka pure en milieu de journée. C'est le genre de scrupule qu'elle avait perdu depuis longtemps.

– Elle rêvait tout le temps de devenir riche, dit-elle en se rasseyant. Bettý n'avait qu'un seul but dans la vie quand je l'ai connue : devenir riche. Elle voulait rouler sur l'or, plus tard. Elle voulait pouvoir tout se payer et vivre comme une reine. Elle parlait souvent de ce qu'elle ferait quand elle serait riche. Elle voulait habiter une île dans un pays au soleil et ne plus jamais revenir chez elle dans ce pays de merde.

Sylvía souriait.

– On rêvait toutes de ça, je crois, dit-elle.

Et elle se remit à siroter son verre.

– « Pays de merde », c'est comme ça qu'elle disait. Elle ne supportait pas le froid et les désagréments de l'hiver. C'était une fille élégante. Vraiment. Mais il y avait quand même… quelque chose…

– Quoi ?

– Ah, je ne sais pas comment dire. De la duplicité, peut-être. Elle était totalement immorale. Elle ne pensait à rien d'autre qu'à elle. Elle pouvait nous monter les unes contre les autres dans l'immeuble et à l'école, et elle harcelait les autres enfants au point qu'ils n'osaient plus sortir de chez eux. Mais sinon elle était vachement cool et drôle, et quelque part…

Sylvía commençait à ressentir les effets de l'alcool et elle se mit à parler moins fort. Elle s'arrêta au milieu de sa phrase, assise pensive avec son verre vide, comme plongée dans un passé oublié et enterré.

– Tu sais peut-être quel genre de fille c'était, non ? Elle l'est encore ?

– Quel genre de fille ?

– Avec les filles. Elle en est encore ?

– Je connais…

– Elle était bien. Après tout, elle a le droit d'être comme ça.

Sylvía se leva, se saisit de la bouteille de vodka et la posa sur la table devant elle. Elle était à moitié vide.

– Elle allait aussi avec les garçons. Elle allait autant avec les garçons qu'avec les filles autrefois. Elle était très précoce…

Sylvía me regarda.

– Je ne devrais peut-être pas parler d'elle comme ça. Je suis en train de trahir des secrets ?

– Je ne crois pas, dis-je, pour dire quelque chose. J'étais gênée.

– J'ai appris qu'elle avait avorté.

– Avorté ?

– Une amie de ma sœur travaille chez un médecin…

– J'ai entendu dire qu'elle ne pouvait pas avoir d'enfants, l'interrompis-je.

– Ah bon ?

– C'est certain.

– Moi, j'ai entendu autre chose, dit Sylvía qui s'obstinait. Tu crois peut-être que je mens ? Tu crois peut-être que je te raconte des histoires ?

– Non, dis-je, pas du tout, c'est seulement que je… c'est nouveau pour moi, car je croyais…

Sylvía termina son verre.

– Tu sais quand c'était ? demandai-je.

– Il y a à peu près trois ans.

– Tu sais pour Tómas, son mari ? dis-je.

– Oui, je me tiens au courant des infos.

J'étais totalement déconcertée. Je me souvenais très bien de quand Bettý m'avait parlé de leurs difficultés, à elle et à Tómas. Quand elle m'avait raconté comment elle avait fait une fausse couche et quelles étaient les difficultés liées à la fécondation artificielle. Est-ce qu'elle poussait le mensonge aussi loin ?

– Tu ne parleras pas de ça dans ton journal, n'est-ce pas ? dit Sylvía. Tu ne parleras pas de l'avortement et tu ne diras pas non plus qu'elle allait autant avec les filles qu'avec les garçons avant, jamais, hein ?

Sylvía se versa encore un verre qu'elle tenait à la main quand elle se leva.

– Est-ce qu'elle a dit quelque chose… Non, ça serait drôle…

– Quoi ? Elle aurait dit quoi ?

Sylvía se dirigea vers la fenêtre du séjour et regarda la balançoire et le bac à sable qui se trouvaient dans le jardin, derrière la maison.

– Il n'y a jamais d'enfants qui jouent dans ce jardin, dit-elle. Je ne vois jamais d'enfants dans cet immeuble.

– Non, ça…

– Elle a parlé de moi ? m'interrompit-elle, comme si elle croyait que je venais de la part de Bettý.

J'eus tôt fait de comprendre ce qu'elle voulait dire.

– Elle a parlé de moi ? demanda-t-elle.

– Elle te salue, dis-je en faisant un gros mensonge qui me fit me mépriser.

26

Clic-claquante, Gudlaug me conduisit du couloir de la prison à la salle d'interrogatoire. J'avais envie de lui dire d'échanger ses sabots contre des sandales souples, mais dans les films qui passent au cinéma on apprend à ne pas irriter le gardien.

Cette fois-ci, c'étaient Dóra et Lárus qui m'attendaient. Il y avait des gens derrière la grande glace, parce qu'ils étaient tous les deux très polis, en particulier Lárus, qui autrement ne l'était pas, et ils étaient bien habillés. Qui plus est, Dóra me parut bien mieux. Je jetai un coup d'œil à la glace et, comme d'habitude, je ne vis que l'image de moi-même dans cette horrible pièce. Je me demandai si le commissaire n'était pas présent derrière la glace cette fois-là.

Lárus mit le magnétophone en marche. Il lut le numéro de l'affaire, la date et l'heure. Il était juste un peu plus de dix heures. Dix heures du matin, supposai-je. Ça n'a pas d'importance.

– Nous avons parlé du viol qu'aurait commis Tómas, Sara, dit Lárus en s'efforçant de faire officiel. Tu nies qu'il s'agissait d'un viol.

– C'est une question ? dis-je.

– Est-ce que Tómas t'a violée ? demanda Lárus.

– Non, dis-je. Il n'a pas fait ça.

– Est-ce que, au cas où Tómas l'aurait fait, tu considérerais que ce serait une raison suffisante pour le tuer ?

– Au cas où… ?

– Ne tourne pas comme ça autour du pot, dit Dóra. Nous n'avons pas que ça à faire.

– Oui, dis-je. Je trouve qu'il faudrait tuer tous les violeurs, mais dans mon cas, ce n'était pas un viol.

– Nous avons la déposition de ton amie, dit Dóra.

– Elle ment, dis-je. Vous ne comprenez pas ? Vous ne comprendrez jamais qu'elle ment comme elle respire ?

– Tiens-toi tranquille ! dit Lárus.

– Toi-même, éructai-je. Bettý s'était fait avorter. Est-ce qu'elle vous a dit ça ? Vous l'avez interrogée là-dessus ? Vous lui avez demandé pourquoi elle s'est fait avorter ?

– Qu'est-ce que ça a à voir ? dit Dóra.

– Ce que ça a à voir ? dis-je. C'est vous, les flics. C'est à vous de le trouver. Allez savoir pourquoi elle a dit à Tómas qu'ils ne pouvaient pas avoir d'enfants. Demandez-lui si Tómas ne voulait pas avoir d'enfants avec elle et pourquoi ça n'a pas marché. Ensuite, demandez-lui pourquoi elle a eu besoin de se faire avorter.

– Nous n'avons rien au sujet d'un avortement, dit Lárus.

– Non, c'est vrai ? Vous avez besoin de cinq colonnes dans ces foutus journaux pour vous mâcher le travail ?

Ils se regardèrent.

– Mais quel genre de flics vous êtes ? Je n'ai jamais vu ça. Si on ne vous serine pas les choses mille fois, il n'y a rien qui fonctionne dans votre cerveau ?

Lárus jeta un coup d'œil rapide à la glace.

– Bettý s'est fait avorter, dis-je, un peu plus calme. Elle m'a dit qu'ils ne pouvaient pas avoir d'enfants, elle et Tómas. Pourtant, je sais qu'elle s'est fait avorter. Alors, de deux choses l'une : soit elle était enceinte de Tómas et pour des raisons que j'ignore elle a fait supprimer le fœtus, et elle a menti à Tómas en lui faisant croire qu'ils ne pouvaient pas avoir d'enfant…

– Je ne sais pas où tu veux en venir avec ça, dit Lárus. Qu'est-ce que le fait d'avoir des enfants ou pas a à voir dans cette affaire ?

– Elle a menti à Tómas. Ils pouvaient avoir un enfant, mais Bettý n'en voulait pas. Pour des raisons que j'ignore, elle a fait en sorte qu'ils n'aient pas d'enfant et elle a fait comme s'ils ne pouvaient pas en avoir. J'imagine qu'elle a utilisé des contraceptifs à son insu et qu'ensuite, à un moment donné, ça n'a pas marché.

– Mais pourquoi ?

– Allez lui demander à elle, dis-je. C'est vous les flics. Ce n'est pas à moi de faire votre travail. Demandez-lui pourquoi Tómas ne pouvait pas avoir d'enfant avec elle. Allez vous renseigner dans les hôpitaux, parlez avec les médecins. J'ai entendu parler d'un seul avortement, mais peut-être qu'il y en a eu plusieurs.

– Tu es en train de nous dire qu'elle ne voulait pas avoir d'enfant avec Tómas ? dit Dóra.

– Demandez-lui pourquoi elle ne voulait pas fonder une famille avec Tómas. Pourquoi seul son argent l'intéressait, sa richesse, les maisons chics, les voyages, les navires de croisière.

Je regardai la glace.

– Parlez-lui de ça !

– Il n'y a personne derrière, dit Dóra.

– Si, sûrement ! dis-je.

– Quelle est l'autre possibilité ? dit Dóra. Tu as dit : « De deux choses l'une. » Elle était enceinte de Tómas ou bien…

– Qu'est-ce que tu crois ?

– J'ai envie d'entendre ce que toi tu crois, dit Dóra.

Je me mis à sourire. Lárus nous regarda tour à tour. Il semblait avoir perdu le fil.

– Elle était enceinte, mais l'enfant n'était pas de Tómas.

– L'enfant n'était pas de Tómas ? dit Dóra en écho à mes paroles.

– Il était de qui, alors ? dit Lárus en nous regardant tour à tour.

– J'ai ma petite idée là-dessus, mais…

– Quelle idée ? demanda Dóra.

Je me tus.

– Je crois que tu n'as rien à gagner à te taire, dit Lárus.

– Je vois que je n'ai rien à gagner non plus à vous parler. Ce n'est pas à moi que vous devez parler, c'est à Bettý.

Dóra regarda Lárus et il y avait quelque chose dans son expression que je ne comprenais pas.

– Nous avons de bonnes relations avec Bettý, dit-elle en me regardant.

Je fixai les yeux sur elle.

– Qu'est-ce que tu veux dire ?

– Ne te fais pas de souci pour Bettý, dit Lárus.

– Elle est ici ?

Ils me regardèrent sans répondre.

– Est-ce que Bettý est ici ?

Ils se turent.

– Elle est en détention ? Elle est dans une des cellules, ici ? Vous la détenez comme moi ?

Ils ne répondirent pas. Je posai les yeux sur Dóra qui était assise et me renvoyait un regard fatigué. Je regardai Lárus et il me sembla que ses lèvres se tordaient en un rictus. Je regardai à nouveau Dóra et je vis qu'elle dirigeait son regard vers la glace. Elle le fit furtivement, sans remuer la tête. Elle me disait quelque chose. Je me redressai et la fixai des yeux, et soudain je compris le signe qu'elle m'avait fait.

Je m'adossai de nouveau à ma chaise. Je tournai la tête en direction de la glace.

Je sentai sa présence.

C'est Bettý qui était derrière la glace !

27

Comme on peut l'imaginer, les médias étaient en ébullition lorsque les policiers découvrirent enfin le cadavre de Tómas. J'étais en voiture avec la radio allumée lorsque les premières infos sur la découverte du corps furent divulguées. J'étais arrêtée à un feu rouge et oubliai tout autour de moi, je ne me réveillai que lorsqu'on frappa à la vitre de la voiture. J'étais restée sur place au feu vert et le conducteur qui était derrière moi se mit à m'agonir d'injures. Je démarrai sur les chapeaux de roues en grillant le feu rouge et il s'en fallut de peu que je ne sois la cause d'une collision. Je me rangeai sur le bord de la route et restai là, hébétée, à réfléchir à tous les ennuis qui pourraient arriver lorsqu'ils se mettraient à examiner le cadavre. En mon for intérieur, j'espérais qu'ils déclareraient que Tómas avait péri dans un accident et que nous serions mises hors de cause.

J'étais en route pour aller voir une femme que je n'avais jamais vue auparavant et que je ne connaissais ni d'Ève ni d'Adam. J'avais mis plusieurs jours à dénicher son adresse, mais j'avais enfin réussi avec l'aide du répertoire national d'identification des personnes physiques, de l'état civil d'Akureyri et d'une société dont je ne connaissais pas l'existence qui s'occupait d'élire la plus belle femme de la région Nord. Elle s'appelait Stella, elle avait déménagé à Reykjavík, avait deux enfants et était divorcée. Elle habitait dans un immeuble de Grafarvogur et était directrice d'école maternelle. Elle me raconta tout ça au téléphone en ajoutant que ça serait sympa si je pouvais passer chez elle vers les sept heures. Je sentis qu'elle hésitait un peu en apprenant le motif de ma visite, c'est-à-dire parler un peu des concours de beauté avec elle, mais elle y consentit. Peut-être était-elle curieuse. Comme moi.

Elle était encore d'une grande beauté et à certains égards elle ressemblait à Bettý, avec son épaisse chevelure brune, son teint basané, ses lèvres pulpeuses et ses yeux marron. Il y avait cependant chez elle quelque chose de plus puéril. Quelque chose de plus innocent. Elle se maintenait en forme. Elle faisait sûrement de la gymnastique. À la voir, on n'aurait pas dit qu'elle avait deux enfants. Je me dis qu'il fallait être vraiment bête pour perdre de vue une telle femme.

Elle était en train de cuisiner et, lorsqu'elle me précéda pour aller dans la cuisine, je remarquai qu'elle boitait très légèrement. Elle dit que les enfants étaient en train de jouer dehors.

Je regardai sa jambe et me rappelai l'histoire du concours de beauté.

– Ça me donne du répit, dit-elle en souriant. Je suis tellement heureuse que mes enfants ne soient pas casaniers. Je ne peux pas imaginer les voir gâcher leur jeunesse plantés bêtement devant l'ordinateur ou la télévision.

– Oui, dis-je en souriant. Elle me plut tout de suite. On n'est plus du tout habitués à voir les enfants jouer dehors.

– Pourquoi est-ce que tu écris sur les concours de

beauté ? demanda-t-elle en s'asseyant à la table de la cuisine. Ça intéresse encore quelqu'un ?

Je m'assis auprès d'elle. Je lui avais menti lorsque je l'avais appelée en lui disant que je travaillais dans une petite maison d'édition d'Akureyri qui voulait publier des histoires sur les concours de beauté en Islande. C'était un mensonge différent de celui que j'avais utilisé avec Sylvía, mais c'était le même prétexte. Je n'ai jamais été habile pour mentir. Stella parut me croire et se demander si elle devait m'inviter chez elle. Je sentis immédiatement qu'elle n'avait pas envie de parler du concours. Elle avait fini par céder et me convier chez elle mais, au sujet de Betty, je sentis la même hésitation qu'au téléphone. Cela semblait réveiller les mauvais souvenirs de ce temps-là. Elle était encore amère après toutes ces années.

– Ils pensent que ça intéresse toujours les gens, dis-je en évoquant mes éditeurs imaginaires. Ensuite, il y a des photos et beaucoup de gens qui viennent. Ils pensent que ça peut se vendre. Nous traiterons des grands concours comme des plus petits dans la région, et des principaux de toute façon.

– Je n'ai participé qu'à deux concours à Akureyri, dit-elle. La première fois, j'ai obtenu la deuxième place, et au concours suivant j'ai été éliminée car je n'ai pas pu participer.

– C'est ce que j'ai entendu dire. Ils en ont un peu parlé dans le Nord.

– On en parle encore ?

– Tu as eu un accident de voiture ou quelque chose comme ça, non ?

– Ce n'était pas un accident, dit Stella. Depuis, je boite. Mais je préfère ne pas en parler. J'espère que tu ne vas rien écrire là-dessus.

Je me tus.

— Tu as parlé à Bettý ? demanda-t-elle tout à coup.

— Bettý ? dis-je.

— C'est elle qui a gagné le concours, dit-elle. Le dernier auquel j'ai participé.

— Oui, dis-je, sans savoir si je devais avouer que je connaissais Bettý ou pas.

— J'ai entendu aux infos qu'ils ont retrouvé son mari, dit Stella. Il était porté disparu depuis de nombreuses semaines.

— Oui, l'armateur ? dis-je. J'ai entendu ça aussi à la radio en venant ici. C'était le mari de Bettý ?

— Elle a toujours voulu s'en dégoter un riche, dit Stella.

— Quel genre de fille c'était, cette Bettý ?

— Bettý, c'était une foutue coureuse, dit Stella, et son visage se durcit. C'était une gouine, tu le savais ? Elle couchait aussi bien avec des gars qu'avec des filles quand je l'ai connue.

Je secouai la tête.

— Je me souviens d'une fille au concours, qu'elle avait embobinée. C'était une fille tout ce qu'il y a de plus normal qui habitait à Dalvík. Après avoir connu Bettý, elle s'est métamorphosée et ne jurait plus que par elle. Elle est comme ça, Bettý. Elle met le grappin sur les gens et elle ne les lâche plus. Elle a essayé avec moi, un jour. Elle était assez douce et désinvolte, mais j'avais honte pour elle. Et ça n'a pas changé. Tu pourras lui dire si tu la vois.

— Vous n'étiez pas amies, on dirait, fis-je pour dire quelque chose.

— Tu n'as jamais entendu parler de ce qu'elle m'a fait ?

Je secouai la tête.

200

– Je ne veux pas que tu l'écrives, mais c'est bien que tu le saches si tu la vois. Elle a toujours nié, mais je sais que c'était elle. Elle et son petit ami.

– Son petit ami ?

– C'était une foutue garce, Bettý.

– Quel genre d'homme c'était ?

– Elle a toujours voulu devenir riche, dit Stella. Elle semblait m'avoir oubliée. Elle y est parvenue à la fin. Elle va hériter une fortune, hein ?

J'allais répondre, mais elle me coupa la parole.

– Ça me met toujours en colère quand je pense à ce qui s'est passé.

– Quoi ? Qu'est-ce qui s'est passé au juste ?

Stella leva une jambe et se frotta la cheville.

– Ils ont été obligés de la fixer avec des broches, dit-elle. Je ne peux pas la bouger.

– La cheville, tu veux dire ?

– Oui, la cheville. Elle est en miettes. Ils l'ont rafistolée, mais elle est toute raide. Je ne peux plus la bouger. C'est comme un pied bot. C'était deux jours avant le concours. J'étais sortie et je descendais en vélo à Oddeyri. C'était tard dans la soirée et il n'y avait personne sur la route, quasiment pas de circulation. Tout à coup, j'ai entendu une voiture derrière moi. Je me suis rangée tout au bord. Il n'y avait pas de trottoir. J'ai regardé en arrière et j'ai vu que la voiture roulait à toute allure et ensuite, tout à coup, elle a fait un écart dans ma direction et m'a renversée avec mon vélo. La cheville était entre le garde-boue et la roue. Elle s'est fracturée en plusieurs endroits.

Elle se tut.

– Il aurait pu me tuer.

– Il ?

– Oui, son ami, à Bettý. Je l'ai vu avant qu'il ne

me renverse. Je l'ai dit à la police. Ils l'ont interrogé, mais il a toujours nié. La police n'a rien pu faire. Je ne pouvais rien prouver.

– Et tu sais qui était cet homme ?

– Oui.

– C'était qui ?

– Son petit ami ? L'ami de Bettý ?

– Oui.

– Il s'appelait Léo.

– Léo ?

– Oui, Léo. Il est d'ici, de Reykjavík.

Ce fut pour moi comme si le temps s'arrêtait. Je fixai les yeux sur elle et je ne compris pas tout de suite ce qu'elle disait. Je ne comprenais pas ce que ça signifiait, mais je savais que c'était quelque chose d'épouvantable. Quelque chose de terrifiant. Léo et Bettý ! Je l'ai fait répéter trois fois.

– Ça ne va pas ? demanda-t-elle.

– Non, aïe !… Je me suis mordu la langue.

Il fallait bien que je dise quelque chose. J'étais rouge comme une pivoine et j'en avais les larmes aux yeux.

– Comment tu sais que c'était Léo ? balbutiai-je en simulant une douleur à la langue.

– Comment je sais que c'était Léo ? fit Stella en écho à mes paroles. Elle m'a appelée quand elle a gagné le titre. Elle a appelé l'hôpital. Elle m'a demandé comment allait ma jambe. Elle était comme ça, Bettý. Complètement fêlée. En fait, je crois qu'elle avait dû se droguer. Et ensuite, elle l'a dit. Elle l'a tout simplement dit.

– Elle a dit quoi ?

– Que Léo me donnait le bonjour. Elle a dit : « Tu as le bonjour de Léo. »

Nous nous tûmes. La porte s'ouvrit et deux enfants se précipitèrent vers leur mère.

– Ensuite, elle m'a raccroché au nez, dit Stella en se frottant doucement la cheville.

Je lorgnai vers la glace dans la salle d'interrogatoire.

– Elle est derrière ? m'écriai-je.

– Du calme, dit Lárus. Il n'y a personne derrière.

– Ne recommence pas ton cirque, Sara, dit Dóra. Ça n'apporte rien. Tu le sais. Sinon, tu vas retourner directement dans ta cellule.

– Qu'est-ce qu'elle vous a dit ?

– Bettý n'est pas là, dit Lárus. Du calme !

Je me levai doucement et ne quittai plus la glace des yeux. Ils se levèrent tous les deux. La porte de la cellule s'ouvrit et le gardien apparut dans l'ouverture.

– Du calme, dit Dóra d'une voix apaisante.

– Qu'est-ce que tu leur as dit ? m'écriai-je devant la glace.

– Assise ! ordonna Lárus, requérant des yeux l'aide du gardien de prison.

– Assieds-toi, dit Dóra très calmement. Il n'y a personne derrière la glace. C'est ton imagination. Et s'il y avait quelqu'un, ce ne serait certainement pas Bettý. Crois-moi. Bettý ne pourrait jamais être là derrière la glace.

Je me calmai un peu et la regardai.

– Tu ne me mens pas ?

– Non, dit Dóra.

– Tout le monde me ment, dis-je. Tout le monde m'a menti depuis le début.

– D'accord, dit Dóra. Assieds-toi et nous allons parler de ceux qui t'ont menti.

– Tout le monde m'a menti tout le temps, dis-je.

La tension qui régnait dans la pièce diminuait. Le gardien de prison qui se tenait dans l'ouverture de la porte hésitait. Dóra lui fit signe de s'éclipser. Lárus se rassit. Dóra et moi restions debout et nous nous regardâmes dans les yeux. J'eus l'impression qu'elle me comprenait. Je me calmai et m'affaissai sur mon siège.

– Tout le monde me ment, répétai-je.

– Nous avons le témoignage d'un homme, dit Dóra avec prudence. Il a entendu dire certaines choses sur toi par Tómas Ottósson Zoëga. Je vais te dire ce que c'est, mais il ne faut pas que tu t'excites. C'est compris ? Sinon, tu retournes directement dans ta cellule.

– On en a assez de ce cinéma, dit Lárus.

– De quoi est-ce que tu parles ? Quel témoignage ?

– Tómas a dit à cet homme, son compagnon de chasse, que tu voulais que ça se passe sauvagement. Est-ce que tu sais de quoi je parle ?

– Sauvagement ?

– Et brutalemment, dit Lárus.

– De quoi est-ce que vous parlez ?

– De sexe, dit Dóra.

– De sexe ?

Ils étaient assis et se taisaient.

– De moi ? De ma sexualité ? Est-ce que quelqu'un a parlé de ma sexualité ? Un compagnon de chasse de Tómas ?

– C'est exact ? demanda Dóra.

– Non, c'est faux, dis-je. C'est un mensonge. Encore un de ces foutus mensonges. Pourquoi Tómas aurait-il parlé de ma sexualité ? Il n'en savait rien.

Ça devait venir de Bettý, comme tout le reste. Elle semblait avoir abreuvé Tómas de toutes sortes de fausses informations sur moi. Elle était en train de faire la même chose avec la police.

– Nous avons un témoignage sur autre chose, dit Lárus.

– Autre chose ? Quoi ?

– Que vous aviez une liaison, dit Dóra. Ou bien une sorte d'amour vache, ainsi qu'il me semble l'avoir entendu formuler.

– Moi et Tómas ?

– Et ça s'est terminé par un viol, dit Lárus.

– Comme ça, tu avais une raison de te venger et de le tuer.

– Qui vous a raconté ces salades ? Je vous l'ai dit cent fois : ce n'était pas un viol. Tómas et moi, on n'avait pas de liaison, merde !

Je ne sais pas comment parler de ça. Dans tout ce qui m'est arrivé et dans tous les guêpiers où j'ai pu me fourrer, il n'y a rien de plus douloureux que le viol, et je suis absolument incapable de raconter ce qui s'est passé. C'est une douleur lancinante qui me transperce. La seule méthode que j'ai pour en venir à bout, c'est de refouler ça aussi loin que possible au tréfonds de mon âme.

Des lambeaux de cette horreur remontent parfois à la surface et me font me crisper d'épouvante. Ses mains sur mon corps. Son haleine imbibée d'alcool. Son poids quand il s'est allongé sur moi par terre. Mes tentatives désespérées pour lui donner des coups de pied. La douleur que j'ai ressentie quand il m'a pénétrée…

Et cette souffrance.

Toute cette souffrance que je ne peux plus contenir.

Un long moment s'était écoulé dans le silence le plus complet. Ils me regardèrent d'un air de profonde commisération. J'étais fatiguée. Fatiguée de tous ces mensonges. De toutes ces manigances. Plus que fatiguée.

— Vous n'avez pas encore trouvé ? dis-je à la fin.

— Trouvé quoi ? dit Dóra.

— Pour nous deux, Bettý et moi, dis-je.

— Quoi vous deux, Bettý et toi ? demanda Lárus.

— C'était nous qui avions une liaison, dis-je. C'était elle qui trompait Tómas avec moi, et non l'inverse. Bettý et moi, on était ensemble.

28

Je ne me souviens plus comment je suis rentrée de chez Stella. Je ne me souviens plus de la circulation qu'il y avait. J'ai pris congé d'elle en pensant à autre chose. Elle m'a demandé si ça allait. Elle avait vu que quelque chose m'avait déconcertée et elle ne savait pas quoi. Pauvre Stella ! À la maison, je m'étendis sur le canapé, totalement épuisée et en plein désarroi. Je ne savais plus quoi penser. J'étais complètement désorientée. Le monde tournait sur lui-même devant mes yeux et je n'avais plus aucune prise sur lui.

Léo et Bettý.

Tout le temps. Léo et Bettý, et ensuite moi, qui devais encaisser le coup.

J'étais allongée comme paralysée sur le canapé et j'essayais de remettre toutes les choses en place. Quand avaient-ils commencé à organiser l'assassinat de Tómas ? Quand Bettý avait emménagé chez lui ? Quand leurs relations avaient commencé à se détériorer ? Et comment suis-je entrée en scène ? Pourquoi moi ?

Le téléphone se mit à sonner dans l'obscurité. Je me traînai jusqu'à lui et répondis. C'était le directeur de l'entreprise à Akureyri. Il avait besoin de réponses juridiques à propos de certaines affaires sur lesquelles je travaillais et il demandait quand j'allais lui remettre mes conclusions. Pour l'apaiser, je lui racontai un gros mensonge. Ensuite, je me mis à lui parler de Tómas et lui appris qu'ils avaient enfin retrouvé son corps. J'écoutai en pensant à autre chose et il me vint à l'esprit de l'interroger à propos de Léo. Je tournai autour du pot en faisant état de la longue amitié entre Tómas et Léo.

– Léo n'était pas particulièrement ami avec Tómas, s'empressa de dire le directeur. Il a débuté ici il y a environ quatre ans et il est rapidement devenu son bras droit. Il faisait la pluie et le beau temps dans l'entreprise. Il s'est introduit auprès de lui avec son baratin. Il est comme ça, Léo. Il a du bagout.

À entendre cet homme, il n'était pas non plus très favorable à Léo.

– Mais alors pourquoi a-t-il été engagé ? demandai-je.

– C'est Bettý qui l'a voulu.

– Bettý ?

– Elle a dit que c'était un parent à elle ou quelque chose comme ça.

– Un parent à elle ?

– Oui.

– Léo n'est pas un parent de Bettý, dis-je en serrant les dents. Il entendit que j'étais en colère et cela suscita sa curiosité.

– Pourquoi tu poses toutes ces questions sur Léo ? dit-il d'une voix qui trahissait son étonnement.

Je ne savais pas quoi dire et je raccrochai. J'arrachai le fil du téléphone et le jetai à terre.

Je luttais pour retenir mes larmes.

Il fallait que je voie Bettý. Il fallait que je lui parle. Il fallait que je l'entende de sa bouche. Il fallait qu'elle me le dise.

Je tressaillis lorsque mon portable se mit à sonner sur la table du séjour. C'était la mélodie de Tónaflód[1] : *The Hills are alive with the Sound of Music*. Je parvins à la table et fixai des yeux ce téléphone avec cette musique insensée qui me résonnait aux oreilles. Ça ne s'arrêtait pas. Je le pris et répondis.

– C'est la police, dit une voix.

– Tu es en train de nous dire que tu as eu des relations sexuelles avec Bettý ?

À l'évidence, Lárus ne me croyait pas.

– Toi et Bettý ensemble ? dit Dóra.

Dóra toujours classe. Toujours polie. Elle ne se départait jamais de son calme, quoi qu'il arrive. Est-ce qu'elle était seule, comme moi ? Elle avait les mains sur la table qui nous séparait et je cherchai une alliance, mais je n'en vis aucune. J'eus le sentiment qu'elle était seule. Ça se voyait à son air. Elle souriait rarement. Et peut-être que personne ne souriait jamais dans cette pièce.

– Je crois que Bettý est insatiable, dis-je en regardant Lárus. Ça n'a pas d'importance pour elle que ce soient des gars ou des filles, des hommes ou des femmes. Bettý ne pense qu'à elle, pour elle tout est bon à prendre.

Ils étaient assis et attendaient que j'en dise davantage. Je regardai vers la grande glace. Il me semblait qu'elle était encore derrière. C'était seulement une impression. Peut-être qu'elle n'y était pas. Elle n'y avait sans doute jamais été. Je pensais parfois si fort à elle que je croyais sentir sa présence.

– Je n'ai pas tué Tómas, dis-je. Ce n'était pas moi. Je vous l'ai dit cent fois.

– Qui ça alors ? dit Dóra.

1. Le plus ancien moteur de recherche islandais.

– C'était Bettý, dis-je. C'est Bettý qui a tué Tómas et l'a jeté au fond de la crevasse. Je vous l'ai dit des centaines de fois.

Lárus souriait. Il était donc possible de sourire dans cette pièce hideuse.

– Bettý dit tout autre chose, dit-il. Elle dit que c'était toi. Et elle a un alibi.

– Et ensuite il y a le petit marteau, dit Dóra.

Je vis que je lui faisais pitié.

– Oui, évidemment, dis-je. Le petit marteau. Je vous ai tout dit là-dessus.

– Seulement nous ne te croyons pas, dit Lárus. C'est aussi simple que ça.

– Et tu n'as guère d'espoir que ça change, dit Dóra.

Stella se rappelait bien le nom de la fille de Dalvík qui avait participé au concours de beauté à l'époque. Celle qui était dingue de Bettý. Elle pensait qu'elle habitait encore à Dalvík, mais il n'y avait personne qui avait ce prénom dans l'annuaire. Elle avait un prénom plutôt rare. Peut-être était-ce à cause de ça que Stella se le rappelait : Minerva.

Quelques personnes avec ce prénom figuraient dans l'annuaire de Reykjavík et je recommençai à téléphoner. La soirée était avancée. Je ne sais pas exactement ce que je recherchais ni pourquoi je voulais me faire souffrir en en entendant davantage sur Bettý, mais je pensais que j'avais l'obligation de réunir le plus de renseignements possible sur elle.

J'ai parlé à trois Minerva avant de tomber sur la bonne. Elle se souvenait de Bettý mais, à la différence de Sylvía et de Stella, elle me raccrocha tout de suite au nez. Je vérifiai son adresse et me mis en route.

Minerva habitait dans un grand pavillon de Fossvogur. Deux voitures neuves, une jeep et une BMW stationnaient devant un garage double. Une femme de l'âge de Bettý vint ouvrir. À l'évidence, elle ne s'attendait pas à avoir de la visite.

– C'est moi qui ai appelé tout à l'heure, dis-je. Au sujet de Bettý.

Sans un mot, elle s'apprêtait à me claquer la porte au nez, mais je m'interposai.

– Je n'en ai pas pour longtemps, dis-je.

– Va-t'en ! dit-elle.

– Il faut que tu m'aides.

– Qui est-ce ? entendis-je appeler à l'intérieur de la maison et je vis un petit garçon arriver dans l'entrée.

Minerva ouvrit la porte.

– Personne, dit-elle au garçon. Je t'en prie, me dit-elle.

J'hésitai.

– Dis à papa que j'ai besoin du vestibule un moment. C'est une dame qui collecte de l'argent pour un voyage scolaire.

Minerva était prompte à mentir. Le garçon disparut à l'intérieur, elle m'entraîna dans le hall et referma après nous.

– Qu'est-ce que tu me veux ? dit-elle à voix basse.

– Seulement quelques renseignements, dis-je. Sur Bettý. Tu l'as connue dans le Nord.

Je regardai autour de moi et, d'après une photo, il se pouvait que son mari soit dentiste.

– Pourquoi tu poses des questions sur Bettý ? dit-elle. Qui es-tu ?

– Son amie, dis-je en cherchant mentalement un mensonge plus vraisemblable.

Elle m'en dispensa :

– Je l'ai connue dans le Nord, dit-elle, comme si elle voulait en terminer au plus vite et se débarrasser de moi.

– Tu étais avec elle à un concours de beauté, n'est-ce pas ?

– Bettý n'était pas mon amie, dit-elle. Personne ne peut être son amie. On ne peut pas lui faire confiance.

– Est-ce qu'il y avait avec elle un garçon de Reykjavík qui s'appelait Léo ?

– Léo, pouffa-t-elle. Ce pauvre type.

– Qu'est-ce qu'il avait, ce Léo ?

– Elle faisait ses quatre volontés. Il lui avait mis le grappin dessus. Bettý m'a dit qu'elle lui serait toujours redevable de ce qu'il avait fait pour elle. Son beau-père avait essayé de la violer. Tu le savais ?

– Oui, quand elle habitait à Breidholt.

– Léo était son ami d'enfance. Il l'a protégée contre le vieux. Il lui a mis une raclée et il a failli le tuer, je crois. Son beau-père l'avait tripotée pendant un moment. Léo était le seul à qui elle faisait entièrement confiance.

– Tu n'as plus été en contact avec eux depuis, hein ?

– Non, dit Minerva. Je…

– Quoi ?

– Elle m'a roulée dans la farine, dit-elle.

– Comment ça ?

Elle me regarda.

– Je ne sais pas pourquoi je te raconte ça, dit-elle soudain.

– Je crois que moi aussi elle m'a roulée dans la farine, dis-je.

Elle me regarda longuement et finalement hocha la tête, comme si elle comprenait très bien ce que je voulais dire.

– C'est une vicieuse, dit-elle. Tu devrais te méfier d'elle.

– C'est Léo qui a renversé Stella juste avant le concours ?

– Ils trouvaient ça rigolo.

– Rigolo ?

– De s'en sortir comme ça, dit Minerva.

La porte du bureau s'ouvrit et l'homme de la photo apparut sur le pas de la porte.

– Vous voulez du café ? demanda-t-il.

Minerva se leva.

– Non, chéri, elle s'en va.

Ensuite, elle me regarda et je vis qu'elle m'adjurait en silence de déguerpir. J'avais l'impression d'avoir apporté une saleté dans son foyer et qu'elle voulait s'en débarrasser au plus vite.

29

Il pleuvait et le réverbère en face de la maison de Betty à Thingholt fonctionnait mal. La lumière vacillait sous la pluie et projetait à intervalles réguliers une vive clarté sur la rue, ce qui faisait l'effet de petits éclairs. J'étais dans ma voiture à une distance respectable et je m'étais recroquevillée sur le siège. Je ne savais pas si elle connaissait ma voiture. Les lumières de la maison étaient éteintes. Ça faisait trois heures que j'étais là à suivre les clignotements de la lumière du réverbère. Je ne savais pas où était Betty. Elle pouvait tout simplement être à Akureyri, mais il fallait que je fasse quelque chose. Je ne pouvais pas rester chez moi à attendre.

Ils savaient que Tómas n'était pas mort dans un accident. Le policier qui m'avait appelée avait dit qu'il voulait me parler le soir même. Il voulait m'interroger. J'ai demandé à quel sujet. Il a dit que l'enquête avait mis en évidence un élément nouveau sur le décès de Tómas Ottósson Zoëga. Il débitait tout ça sur un ton très officiel. J'ai pris peur quand il a prononcé le mot « décès ». On ne parlait plus de la disparition de Tómas, mais de sa mort.

Après avoir vu Minerva, je me suis mise à errer dans l'obscurité sans avoir la moindre idée d'où j'allais. Je n'ai repris mes esprits qu'en sortant soudain de la ville, j'ai alors fait demi-tour avec dans l'idée d'aller voir à Thingholt si Bettý y était.

La lumière clignotait sous la pluie et j'avais froid. Je pensais à Bettý et à la manière dont elle avait réussi à mettre tout ça sur pied. Je ne savais pas les détails de ce qui se tramait, mais je savais qu'elle allait me mettre davantage en difficulté que je ne l'avais imaginé. Et elle faisait ça tout en disant qu'elle m'aimait !

Qui était cette femme ? Non seulement elle était capable de commettre un assassinat, mais en plus elle l'avait préparé comme n'importe quelle autre activité ordinaire et maintenant ça se retournait contre elle. Ça se retournait contre nous. Je n'avais été qu'un instrument sans volonté entre ses mains. Je ne savais pas qu'elle allait tuer Tómas au cours de cette excursion. Je ne savais pas qu'elle allait mettre à exécution ce dont nous avions discuté avec insouciance et sur le ton de la plaisanterie. Il n'y avait jamais rien eu de sérieux dans nos conversations. Ou alors je ne m'en souvenais pas. Ce n'était qu'un jeu. Comme tout ce que nous faisions. Comme la tromperie. Comme le sexe.

Un taxi s'engagea dans la rue et stoppa en face de la maison de Bettý. Il stationna un long moment sans bruit au bord du trottoir. Je vis une lueur éclairer le chauffeur et quelqu'un sur la banquette arrière. La porte s'ouvrit et le passager de la banquette arrière descendit.

C'était Bettý.

Je me redressai sur mon siège. Le taxi s'en alla et Bettý se dirigea vers la maison. J'ouvris la portière, descendis et me mis à courir. Elle refermait derrière elle lorsque je montai l'escalier quatre à quatre et interposai mon bras.

– Bettý, il faut que je te parle !

Visiblement, elle prit peur et me regarda un peu effarée, comme si elle avait vu un fantôme.

– Laisse-moi entrer, dis-je. Il y a un policier qui a appelé. Il faut que je te parle !

Elle réfléchit un instant, puis eut l'air de se décider : elle ouvrit plus largement la porte et je me glissai à l'intérieur. Elle regarda au-dehors pour voir si quelqu'un nous avait observées et claqua la porte.

– Je t'avais dit de me ficher la paix, dit-elle avec irritation en se tournant vers moi. Il ne faut pas qu'on nous voie ensemble.

– Pourquoi pas ? dis-je. Tout le monde sait que nous sommes amies. Tout le monde sait que nous étions toutes les deux ensemble avec Tómas quand il est mort. Pourquoi est-ce que nous ne devrions plus avoir de contacts ? Comme avant ? Pourquoi, Bettý ? Est-ce que ce n'est pas davantage suspect de ne plus se parler ?

– Entre, dit-elle sans répondre à mon flot de questions.

Elle portait un manteau noir en vison qu'elle déposa sur le dossier d'une chaise. Dessous, elle portait une robe bordeaux que je ne lui avais jamais vue avant.

– Tu veux un verre ? demanda-t-elle.

Je hochai la tête. Je regardai autour de moi et pensai à toutes les fois où Bettý et moi nous avions fait l'amour quand nous étions seules dans cette maison. Tout était pareil et pourtant tout était différent.

– Pourquoi est-ce que tu m'évites ? demandai-je.

– Tu le sais, idiote. Nous en avons parlé cent fois. Tu sais ce que nous avons fait.

– Je sais ce que toi tu as fait, dis-je. Je ne suis pas tout à fait sûre de ce que j'ai fait.

Un verre d'une liqueur italienne à la main, elle vint vers moi.

– Pourquoi est-ce que tu me parles sur ce ton ? dit-elle. Est-ce que nous ne sommes pas amies ?

Elle s'assit sur le grand canapé du séjour, sortit les cigarettes et en alluma une. Elle en aspira la fumée bleue toxique qui, lorsqu'elle l'expira, était devenue presque blanche.

– Qu'est-ce que tu dis de ça ? dis-je en m'asseyant sur une chaise en face d'elle. Elle avait allumé un joli lampadaire et c'était la seule lumière dans toute la maison. Il projetait une clarté blafarde sur nous deux qui, un jour, avions été si proches. La fumée de la cigarette grecque valsait doucement dans la lumière avant de se dissiper. De temps à autre, une voiture longeait la rue d'en face.

– De quoi tu parles ? Qu'est-ce qu'il te voulait, ce flic ?

– Il a dit qu'ils voulaient me voir. Dès ce soir. À propos de l'examen du cadavre de Tómas. Tu es au courant ?

– Non, dit Bettý. J'étais sortie toute la soirée.

– Où est-ce que tu étais ? demandai-je. Habillée comme ça ? C'est la veuve joyeuse qui recommence tout de suite à s'amuser ?

– Pourquoi est-ce que tu me parles comme ça ?

– Tu te souviens d'une femme du nom de Sylvía ? dis-je en me penchant vers elle. Ta petite amie autrefois. Tu te souviens d'elle ?

Bettý me regarda et il me sembla voir un petit sourire sur ses lèvres. Je croyais avoir mal vu, mais ensuite elle arbora un large sourire. On aurait dit qu'elle voulait se moquer de moi.

– Qu'est-ce que tu as été faire ? dit-elle, révélant l'éclat de ses jolies dents toutes blanches. Tu as été jouer les détectives ?

– Elle m'a parlé de l'avortement.

– De l'avortement ?

– Oui, celui que tu as subi.

– Qu'est-ce qu'elle croit savoir sur moi ?

– Tu te souviens de Stella ? dis-je.

– Stella ?

Bettý fronça les sourcils. Ensuite, elle secoua la tête.

– Tu devrais te souvenir d'elle. Elle boite. Une femme charmante. Elle te ressemble un peu. Brune et svelte. Assez jolie pour remporter le concours de beauté et, qui plus est, elle serait certainement élue « fille la plus sympa ».

Bettý me regarda et comprit soudain de qui je parlais. Elle éteignit sa cigarette.

– Comment va Stella ? demanda-t-elle, et je sentis qu'elle n'était plus aussi sûre d'elle.

– Un peu de raideur dans la cheville, et elle ne te salue pas.

– De quoi est-ce que tu as parlé avec elle ? Qu'est-ce que tu as été colporter dans toute la ville ? T'es pas un peu folle ? Tu ne pouvais pas rester tranquille chez toi pendant quelques semaines sans tout compromettre ? Mais qu'est-ce qui t'arrive ?

– J'ai rencontré un homme.

– Tu as rencontré un homme ?

– Il m'a dit que ce n'était pas Tómas qui avait voulu m'engager, mais toi. C'est vrai ? Tu m'as dit que c'était Tómas qui t'avait envoyée à moi exprès pour me prendre à son service. Maintenant j'apprends que Tómas ne voulait pas me voir dans l'entreprise. Et que c'est toi qui avais combiné tout ça.

– Quelle importance ?

– Ça dépend de quand tout ça a commencé.

– Quoi ? Quoi ça ? Quand quoi a commencé ?

– Tout ça. Ça dépend de quand tu as eu cette idée. Ou alors ce n'était peut-être pas toi qui as eu cette idée ? Peut-être que c'était quelqu'un d'autre qui te l'a soufflée. Tous ces millions étaient tentants. Ses milliards à lui. Est-ce qu'il n'y avait pas un moyen pour que tu en aies une part sans être obligée de vivre avec Tómas ?

Bettý me regardait et se taisait. Je vis qu'elle était en train de cogiter pour savoir comment elle allait réagir à toute cette colère qui m'habitait et au fait que j'étais moi-même allée chercher des renseignements sur elle. Elle ne pouvait pas ne pas voir dans quel état d'agitation j'étais.

– Qu'est-ce que tu disais à propos d'avortement ? dit-elle. Je ne me souviens d'aucune Sylvía. Je ne sais pas qui t'a raconté ces mensonges, mais…

– Et, ensuite, il y a Léo, dis-je. Qu'est-ce que tu peux me dire sur Léo ? Comment as-tu obtenu que Tómas l'engage ? Comment est-il devenu le second de Tómas ? Quand est-ce que ça a commencé, Bettý ? Et pourquoi est-ce que tu as jeté ton dévolu sur moi ? Pourquoi il fallait que ce soit moi ?

Bettý me regarda, tout aussi calme qu'avant, et tendit la main pour prendre une cigarette. Elle en piocha une dans le paquet et l'alluma avec son briquet en or. Ensuite, elle croisa les jambes et se mit à défroisser sa robe. Elle ne se pressait absolument pas. Je perdis patience.

– D'où venais-tu ? demandai-je.

– Ils sont avec le cadavre de Tómas, ici, à Barónstígur[1], dit-elle en sirotant sa liqueur italienne. Pour l'autopsie. Ils voulaient que je… comment dit-on ?… que j'identifie le corps. Ils me l'ont montré, ma ché-

1. C'est là que se trouve l'institut médico-légal.

rie. Ils m'ont montré ce que tu as fait à Tómas. Je me suis effondrée et j'ai avoué avoir menti pour toi. Ça faisait du bien de pouvoir enfin dire la vérité.

– Tu as avoué ? Toi ?

– Oui.

– Qu'est-ce que tu racontes ? De quoi leur as-tu parlé ?

– De vous, Tómas et toi, dit Bettý. Je leur ai enfin dit la vérité et tu sais, Sara, ça fait du bien de pouvoir soulager sa conscience. Ils m'ont montré comment tu l'as tué. Ils ont dit que tu l'avais frappé derrière la nuque avec un objet contondant ou un petit marteau. Ils ont très vite vu ça. Le coup que tu as donné. En fait, ils pensent qu'il y en a eu trois. Il y avait le médecin légiste et tout et tout. Très aimables, ces policiers. Charitables, Sara. Vraiment. Ils sont compatissants envers les veuves.

– Qu'est-ce que tu as fait ?

– Ils ont trouvé très important que je leur dise que j'étais arrivée au pavillon d'été un jour après vous, Tómas et toi.

– Un jour après ? Toi ? Mais c'est moi qui suis arrivée un jour après !

– Je leur ai dit comment j'avais été retenue en ville et que je suis partie seulement le lendemain. Tómas et toi avez été seuls sur place toute la nuit.

– C'étaient toi et Tómas qui étiez partis ensemble. Moi, je suis arrivée le lendemain.

– C'est ce que tu peux affirmer, évidemment, fit Bettý, mais ce qu'ils veulent ce n'est pas grand-chose, c'est juste un alibi. C'est Léo qui s'occupe du mien. Nous avons travaillé ensemble au bureau pour préparer le voyage à Londres que nous aurions fait si tu n'avais pas assassiné Tómas. Quand je suis arrivée chez toi le jour suivant, tu étais dans un état d'agitation affreuse parce que Tómas avait disparu et que tu voulais absolument que je dise que j'avais été avec vous tout le temps. Tu as dit qu'il était parti en moto-neige et n'était pas revenu. Nous avons cherché sans arrêt, mais Tómas avait disparu et, à la fin, j'ai réussi à te faire signaler sa disparition.

– Je ne te crois pas, objectai-je en gémissant. C'est toi qui l'as assassiné !

– En ce moment, ils pensent que ça ne peut être que toi, dit Bettý.

– Pourquoi est-ce qu'ils ont cru tout à coup que tu étais venue un jour plus tard ? Tu avais dit tout autre chose.

– J'ai dit que tu m'avais suppliée de le faire. Ça n'aurait pas eu d'importance pour moi. Tu étais très agitée parce que Tómas avait disparu et tu avais besoin de soutien. Nous sommes de bonnes amies. J'ai décidé de te soutenir. Quand il est apparu dans la soirée que tu l'avais assassiné, alors, évidemment, il n'était plus possible de mentir.

– Tu crois vraiment que tu vas t'en sortir comme ça ?

Bettý sourit.

– J'ai le sentiment que ça se tient, dit-elle. Léo y a veillé.

Je ne la comprenais pas totalement, mais je savais que ce qu'elle disait était dangereux. Peu à peu, je comprenais des choses qui auparavant étaient autant d'énigmes pour moi : l'interrogatoire que Bettý m'avait fait subir avant que nous ne nous mettions en route sur la moto-neige à la suite de Tómas pour savoir si j'avais eu un contact avec quelqu'un la veille, pour savoir si quelqu'un m'avait vue partir. Ce qu'elle m'avait demandé de dire à la police, que j'avais l'intention de voyager avec Léo, mais que celui-ci n'avait pas pu venir. Tout un tissu de mensonges soigneusement arrangés pour faire en sorte que les soupçons se portent sur moi.

– Tómas a dit quelque chose à Léo avant de s'en aller ce tout dernier soir, dit Bettý. Tómas a dit à Léo, et cela, personne d'autre ne l'a entendu, qu'il avait l'intention de te voir chez lui ce soir-là. Toi toute seule. Tu te souviens, quand je t'ai demandé si quelqu'un t'avait vue partir, si tu t'étais arrêtée quelque part sur la route, si tu avais vu qui que ce soit ou parlé à quelqu'un ?

Je hochai la tête tout en pensant à autre chose et en essayant de reconstituer le puzzle.

– C'est à ce moment-là que Tómas est mort, dit Bettý.

Elle éteignit soigneusement sa cigarette.

– Du premier coup, dit-elle. Tu ne trouves pas ça singulier ?

Dóra me regardait dans la salle d'interrogatoire et je vis à son air qu'elle ne croyait pas un mot de ce que je disais. Lárus était assis à côté d'elle et il arborait le même sourire énigmatique.

Une journée s'était écoulée depuis le dernier interrogatoire. Et voici que je voulais leur dire la vérité. Je savais que Bettý ne le faisait pas. Elle avait menti tout le temps.

– Qu'est-ce que Bettý voulait dire par là ? demanda Dóra. « Du premier coup » ?

– Je ne sais pas, dis-je. Peut-être qu'ils avaient combiné ça et que tout avait bien marché. Peut-être qu'ils avaient combiné autre chose en vue d'autres occasions qui se présenteraient plus tard. Vous ne comprenez pas ? Dans tout ça, il s'agit de rejeter la faute sur moi ! Vous allez bien vous en rendre compte, quand même ! C'est évident ! Je viens de vous le dire. Je vous ai tout dit ! Il faut me croire, Dóra ! Ils sont en train de me faire porter le chapeau.

– Tu ne vois pas que c'est absurde ? dit Lárus. Il n'y a aucune preuve de ce que tu avances. Au contraire, tous les indices sont contre toi.

– Sara, dit Dóra. Nous n'avons rien trouvé indiquant que Bettý se serait fait avorter.

– Elle s'est débrouillée pour que le médecin mente. Elle est comme ça. Tout le monde est prêt à tout pour elle.

– Nous ne savons même pas quel médecin ça pourrait être, dit Dóra tout aussi calme. Il n'y a aucun rapport médical dans les hôpitaux.

– Elle a peut-être eu recours à un cabinet privé.

– Autrefois, ce Léo a été soupçonné d'avoir renversé Stella, mais ça a été la parole de l'un contre l'autre. Tu n'as pas d'alibi pour le soir où Tómas et toi êtes censés être restés toute la nuit ensemble au pavillon d'été.

– Et ensuite il y a le marteau, dit Lárus. Qu'est-ce qu'il nous faut d'autre ?

30

Je fixai Bettý. Étrangement, tout ce qu'elle disait concordait. Bien que j'entende la plupart des choses pour la première fois et que je ne saisisse pas tout sur l'instant, je comprenais suffisamment la situation pour savoir qu'il s'agissait là d'une machination criminelle dans laquelle j'étais censée servir de bouc émissaire.

– Pourquoi est-ce que tu m'as fait ça ? dis-je en gémissant.

Bettý se leva.

– Tu devrais y aller, maintenant, dit-elle.

– Toi et Léo, pendant toutes ces années ? Vous avez passé combien de temps à concocter tout ça ? C'est lui qui en a eu l'idée ? Et pourquoi moi ?

Bettý hésita.

– C'est moi qui t'ai choisie, dit-elle.

– C'est toi qui m'as choisie ?

– Des juristes m'ont parlé de toi. Et ils ont dit que tu étais lesbienne. Ils se souvenaient de toi à l'université. J'ai trouvé ça… j'ai trouvé ça excitant.

– Tout ça était prémédité ?

– Presque tout.

– Et le viol ? Est-ce qu'il était aussi… ?

– Je lui ai dit que tu voulais que ça se passe un peu sauvagement. Que tu le voulais, que tu voulais coucher avec lui et que ça ne coûterait que quelques coups. Je lui ai dit que tu étais prête. Ensuite, il n'y avait plus qu'à vous faire vous rencontrer. Je connaissais Tómas. Il ne laisserait pas passer une telle occasion. En plus, je savais qu'il avait envie de toi.

– Quoi… ? Mais quelle sorte de monstre es-tu ? Il te battait ! Tu l'as laissé t'agresser et…

Bettý secoua la tête.

– Et les blessures ? Je les ai vues !

– Léo et moi, dit Bettý, nous avons été obligés de t'amener à prendre parti pour moi, t'amener à haïr Tómas, pour que…

– … pour que je n'aille pas tout de suite à la police après que tu l'as tué ? Pour que je participe à ces manigances avec toi jusqu'à ce que tu puisses…

– … te faire porter le chapeau, termina-t-elle.

– C'est Léo qui t'a battue ?

– Rentre chez toi, Sara.

Une porte se referma à l'étage au-dessus et on entendit des pas dans le grand escalier. Nous regardâmes dans cette direction toutes les deux et nous vîmes Léo descendre. Il était pieds nus, en pantalon noir et en chemise bleue. On aurait dit qu'il venait de se réveiller. Il nous regarda tour à tour, puis son regard se posa sur Bettý.

– Quelque chose ne va pas ?

– Elle s'en va, dit Bettý.

– Je leur ai dit que Léo et moi nous avions l'intention d'aller ensemble au pavillon, dis-je.

– Oui, ma chérie, je sais. Léo refuse d'admettre cette version et la police a trouvé justement que c'était un point très intéressant. La façon dont tu as essayé aussi d'amener Léo à mentir pour toi. Il a parlé à la police de ta liaison avec Tómas, qui avait des hauts et des bas.

226

Léo se dirigea vers Bettý, l'embrassa sur la joue, et la prit par la taille pour bien me montrer leur amour. Pour me montrer que je n'avais jamais eu la moindre importance dans la vie de Bettý.

– S'ils avaient classé ça comme accident, qu'est-ce que vous auriez fait ?

– Rien, dit Léo. Rien du tout. Sauf si tu avais échappé à la galère dans laquelle tu vas te retrouver maintenant.

– Je croyais sérieusement qu'ils ne trouveraient rien, dit Bettý. Mais que sait-on de la médecine légale ?

– Alors, tout ça n'était qu'un tissu de mensonges ? dis-je. Tómas ne t'a jamais trompée. Il n'a jamais levé la main sur toi. Et vous pouviez très bien avoir des enfants. Seulement, tu les as fait liquider.

– Léo trouvait qu'avoir des enfants ça compliquait les choses.

– Je ne te crois pas ! Comment tu es ! Comment peut-on être comme ça… ?

– Si j'étais toi, je me dépêcherais de rentrer, dit Bettý.

– On ne sait jamais ce que les flics peuvent trouver, dit Léo.

– Qu'est-ce que tu veux dire ?

– Dans le panier de linge sale ou dans le débarras derrière la caisse des décorations de Noël.

– Qu'est-ce que tu racontes ? Vous êtes allés chez moi ?

– Dépêche-toi de rentrer, dit Bettý. Avant qu'ils ne le trouvent.

– Trouvent quoi ?

Je m'approchai tout près d'eux et fixai Bettý dans les yeux. Elle détourna le regard, mais je la pris par le menton et la forçai à me regarder.

– Qu'est-ce que tu m'as fait, Bettý ?

– Rentre, Sara, dit-elle.

– Bettý ?

Bettý se dégagea.

– Et nous ? dis-je.

– Nous ?

– Nous. Nous deux ! Qu'est-ce qui va se passer pour nous deux ? Tu avais combiné tout ça avant de me rencontrer ? Il n'y a jamais eu rien d'autre ? Rien entre nous ?

– Sara…

– Tout le temps, tu t'es servie de moi ? Aussi quand… quand nous étions ensemble… quand nous… ?

Elle haussa les épaules.

– Je sais que je ne suis pas une brave fille. Je le reconnais. Je ne suis pas la femme que tu veux que je sois. Je ne suis pas comme toi, qui désires constamment être aimée. Ça ne m'apporte rien. Rien du tout.

Elle me regarda en faisant la moue.

– Pauvre Sara qui voulait seulement que quelqu'un l'aime. Quelqu'un comme son papa.

Je tentai de lui cracher au visage, mais j'avais la bouche sèche.

– Va-t'en, avant que Léo ne perde patience, dit Bettý. Il était tout le temps jaloux de toi. Il ne supportait pas qu'on couche ensemble.

Je regardai Léo.

– Qu'est-ce que tu faisais chez moi ?

– Tu verras, dit-il. Ensuite, il me bouscula. Maintenant, tu vas ficher la paix à Bettý !

– Quelle raison est-ce que j'aurais eue de tuer Tómas ?

– Le viol dont tu m'as parlé, dit Bettý. Elle s'approcha tout près de moi et me caressa la joue. C'était cet horrible viol dont tu ne voulais pas l'accuser, bien que je te l'aie demandé. Et je t'ai entendue dire que tu le tuerais.

– Et alors tu as été la chère et tendre épouse qui a essayé de nous réconcilier ?

– Tómas avait beaucoup de défauts, Sara, je le reconnais volontiers devant la police.

– Mais moi, je n'ai rien fait. Tu le sais.

– Essaie de comprendre, Sara, une bonne fois pour toutes. Tu n'avais rien besoin de faire. Tu n'avais besoin que d'exister.

Je retirai sa main de mon visage.

– Bettý !

– Je sais, dit-elle. Tu me manques aussi, parfois. Ta petite langue me manque.

Elle se pencha vers moi jusqu'à ce que ses lèvres touchent mon oreille et me susurra d'une voix enrouée :

– Personne ne lèche mieux que toi.

Je suis rentrée d'une traite avec ma voiture, je suis entrée en courant chez moi pour aller droit à la buanderie fouiller le linge sale, sans rien trouver. J'ouvris le réduit. La sonnette de la porte retentit. Je regardai par la fenêtre. Trois voitures de police silencieuses, mais les gyrophares clignotant, stationnaient devant la maison. On frappa à ma porte. On m'appela.

– On sait que tu es là ! cria quelqu'un.

Je renversai la caisse des décorations de Noël. Je l'ouvris brutalement.

Devant la maison, on frappait à la porte et on sonnait.

Je rejetai les décorations de Noël et restai debout à sangloter dans le débarras. Je cherchai sur le plancher, le long des murs. Le tableau électrique était dans une petite armoire métallique accrochée au mur et je remarquai qu'il y avait une fente dans la boîte à l'endroit où on la fermait.

J'entendis qu'on fracassait la porte d'entrée.

Ils étaient entrés.

Je les entendis approcher.

J'ouvris l'armoire électrique et il apparut : le petit marteau qui avait servi à tuer Tómas.

... plus tard

J'ai été condamnée pour le meurtre de Tómas Ottós-son Zoëga. J'ai déjà fait deux ans et j'en ai encore sept à faire. Si je me conduis bien.

Comme ça, j'ai suffisamment le temps de revenir sur toute cette affaire. De revenir sur tout ce qui s'est passé.

On ne m'a jamais crue. Mes empreintes digitales étaient partout sur le marteau. Je m'en étais saisie, en proie au désespoir et à une rage folle, pour agresser le policier qui avait pénétré dans le débarras. Ça ne m'a évidemment pas aidée pendant l'audience. Tout ce que Bettý et Léo ont déclaré a dès le début été considéré comme crédible. Ils avaient l'avantage. Tous les deux savaient depuis le début ce qu'ils faisaient. J'ai été leur victime sans avoir eu la moindre chance de leur échapper. Moi et, évidemment, Tómas, aussi.

Mon avocat a fait ce qu'il a pu. Il a soulevé une question : quel besoin avais-je d'emporter l'arme du crime avec moi dans le Nord et de la conserver dans mon débarras ? N'était-il pas plus vraisemblable que quelqu'un l'ait introduite chez moi pour me faire accuser ? La question de l'arme du crime a été un point important pendant l'audience, mais on n'a pas écouté nos arguments. Le procureur a appelé à la barre la psychologue, qui a déclaré qu'il était probable que j'aie conservé l'arme parce qu'en fait je voulais dire la vérité. Je l'aurais fait plus tard parce que mon sentiment de culpabilité aurait excédé mes forces. Les policiers témoignèrent pour dire que, vraisemblablement, j'avais voulu détruire cette preuve, mais que je n'y serais pas parvenue. Je n'aurais pas osé la cacher sur place ou à proximité du lieu du crime, et c'est pourquoi je l'aurais emportée avec moi. Quand on était venu chez moi, c'est justement alors que j'aurais voulu m'en défaire.

Comme on peut facilement l'imaginer, l'audience a suscité un grand intérêt. La famille de Tómas Ottósson Zoëga était présente dans la salle d'audience, et ils me regardèrent tout le temps. Bettý resta invisible jusqu'à ce qu'elle se présente à la barre des témoins. Elle était en noir. Je la fixai silencieusement tandis qu'elle récitait son flot de mensonges. Elle ne m'adressa pas un regard.

Le viol a été un autre point sur lequel le procureur a lourdement insisté. Lors des interrogatoires, j'avais fini par reconnaître que Tómas m'avait violée. C'est Dóra qui me fit avouer. J'étais au bout du rouleau. Je voulais que la détention provisoire se termine et leur dire toute la vérité, qu'ils me croient ou non. Donc, je leur ai parlé de l'agression. Le procureur veilla à ce que le viol soit mis en avant comme mobile principal pour le meurtre de Tómas. Je l'avais perpétré avec préméditation, je l'avais préparé et exécuté avec soin, et j'avais dissimulé mon méfait et mes traces depuis le début. Le résultat des délibérations du tribunal fut que mon intention criminelle était avérée. Je fis appel du jugement auprès de la Cour suprême. Le résultat fut identique.

J'ai été condamnée à la prison. Seize ans. J'en ferai neuf si je me conduis bien.

Je sais que ce sont Bettý et Léo qui devraient être ici, et pas moi. C'est tellement injuste de croupir ici tout ce temps pour un crime qu'eux ont commis. Mais je sais aussi que je ne suis pas totalement innocente. Je sais que j'étais prête à tuer Tómas avec Bettý. J'étais de connivence avec elle. J'étais complice, je ne peux pas le nier. Mais d'abord et surtout, je suis quand même coupable de m'être laissé abuser.

Bettý s'en est tirée, mais peut-être existe-t-il quelque autorité supérieure qui me rendra justice. Qui sait ?

Plus tard, à la lecture du testament de Tómas, il est apparu que Bettý n'héritait de rien. Il l'avait rayée quelques jours seulement avant de mourir et elle n'eut pas un sou. Tómas l'avait fait spécifier. Ça n'a pas porté préjudice à Bettý au cours de l'audience. Ma défense a consisté à dire que Bettý avait tué Tómas pour l'argent, parce qu'elle savait qu'elle hériterait de sa fortune. Cette défense fut anéantie par le testament plus récent dont Bettý déclara avoir connu l'existence. Ils n'avaient pas de bonnes relations ces derniers temps. Ils étaient en train de se séparer.

C'était une veuve incroyablement convaincante, mais je vis tout de même qu'elle ne parvenait pas à cacher son dépit. Ce fut un délice pour moi, au milieu de tous mes malheurs, de la regarder en face dans la salle d'audience en sachant qu'elle partirait aussi démunie et privée de tout que lorsqu'elle avait fait la connaissance de Tómas.

C'était exact, ce qu'elle disait : ils n'avaient pas de bonnes relations, et elle savait que Tómas avait l'intention de la quitter et qu'il ne lui laisserait rien. Elle savait que, pour elle, c'était une course contre la montre. Elle avait trouvé le bouc émissaire et s'était bien préparée. Tout était prêt. Elle avait réussi tout ce qu'elle avait eu l'intention de faire, sauf la seule chose qui lui importait : quand ce fut le moment, elle est arrivée trop tard.

Tout récemment, j'ai appris qu'elle était revenue à Breidholt avec Léo.

Peut-être y a-t-il là un semblant de justice.

C'était l'heure de la visite, tout à l'heure. Un nouveau gardien que je ne connaissais pas m'accompagna à la salle des visites. Je savais qui m'attendait. Maman vient me voir de temps en temps. Ce sont les seules visites que je reçois. Elle a changé. Aussi étrange que cela puisse paraître, nos relations se sont consolidées après mon emprisonnement. Elles sont meilleures que lorsque nos chemins s'étaient séparés. Elle ne me parle plus d'homosexualité. Elle me demande comment je vais et m'apporte un petit quelque chose chaque fois qu'elle vient. Elle dit qu'elle me croit. Qu'elle croit tout ce que je dis. Elle dit que j'ai toujours été honnête et que je ne pourrais jamais avoir fait ce dont on m'a accusée. Elle dit qu'elle me connaît bien. Les choses sont simples dans la vie de maman. Elles sont soit toutes noires, soit toutes blanches. Je ne me rendais pas compte de son importance pour moi. Comme il est bon de savoir qu'elle est aussi à mes côtés dans les moments difficiles ! Il faut que je le lui dise un jour.

J'ai l'intention de bien me conduire. Je sais que c'est une longue période. Elle s'étire tout au long d'interminables journées où rien ne se passe. Les journées deviennent des semaines et les semaines des mois, et un jour, qui est encore très lointain, c'est une autre année qui sera passée.

Je pense beaucoup à elle. Ce sont le plus souvent des pensées qui me font très mal. Pas toujours, cependant. Je pense à notre liaison. Au temps que nous avons passé ensemble avant que tout ne soit détruit. Lorsque je me sentais bien avec elle. Elle me faisait aller bien. Mieux que jamais. C'est ce qu'elle m'avait donné, malgré tout.

Je suis couchée dans ma cellule. Le soir est tombé. Ils ont éteint les lumières et il règne un étrange silence dans toute la prison. J'ai appris à l'estimer à sa juste valeur. Le silence et l'obscurité sont désormais mes amis.

Comme toujours lorsque je suis couchée dans ma solitude et que je pense à ce qui s'est passé, mon esprit s'évade pour rejoindre Betty. Je me recroqueville sous la couette. Parfois, les souvenirs m'assaillent avec tellement de violence que j'en pleure.

Comme elle me manque !

Comme ils me manquent, ses doux baisers sur mon corps.

Ô, Betty…

La Cité des Jarres

prix Clé de verre du roman noir scandinave 2002
prix Mystère de la critique 2006
prix Cœur noir 2006
Métailié Noir, 2005
« Points Policier », n° P1494
et Point Deux, 2011

La Femme en vert

prix Clé de verre du roman noir scandinave 2003
prix CWA Gold Dagger 2005
prix Fiction du livre insulaire d'Ouessant 2006
Grand Prix des lectrices de Elle 2007
Métailié Noir, 2006
et « Points Policier », n° P1598

La Voix

Grand Prix de littérature policière 2007
Trophée 813, 2007
Métailié Noir, 2007
et « Points Policier », n° P1831

L'Homme du lac

Prix du polar européen 2008
Métailié Noir, 2008
et « Points Policier », n° P2169

Hiver arctique

Métailié Noir, 2009
et « Points Policier », n° P2407

Hypothermie

Métailié Noir, 2010
et « Points Policier », n° P2632

La Rivière noire

Métailié Noir, 2011
et « Points Policier », n° P2828

La Muraille de lave

Métailié Noir, 2012

RÉALISATION : NORD COMPO
CPI BRODARD ET TAUPIN À LA FLÈCHE
DÉPÔT LÉGAL : NOVEMBRE 2012. N° 109018. (70037)
IMPRIMÉ EN FRANCE